ヒックとドラゴン

SAIGO NO KETTOU

⑫ 最後の決闘〈上〉

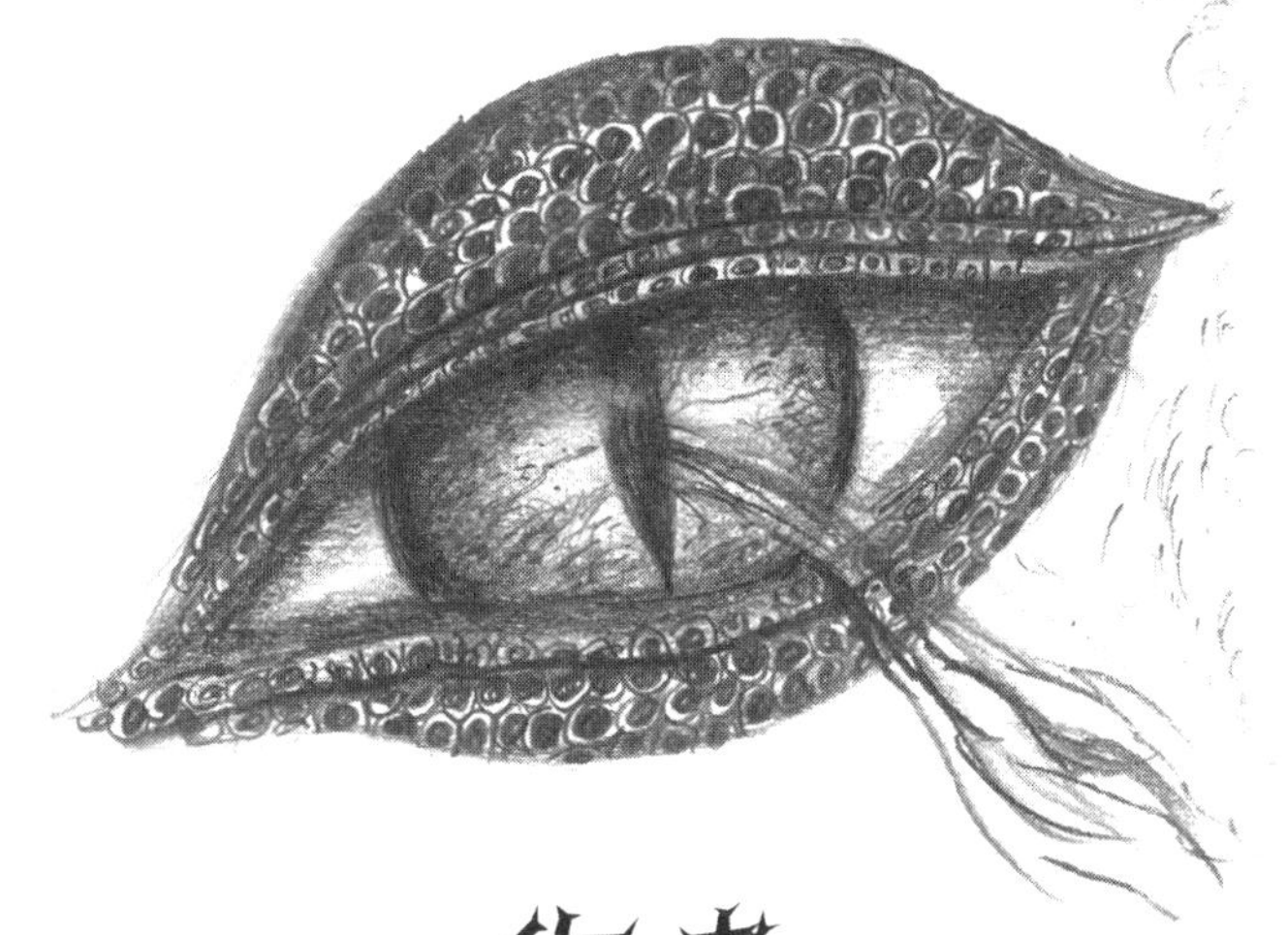

作者
ヒック・ホレンダス・ハドック三世

古ノルド語訳　クレシッダ・コーウェル
日本語共訳　相良倫子・陶浪亜希

First published in Great Britain in 2015
by Hodder Children's Books

Japanese translation rights arranged with Hodder and Stoughton Limited
(on behalf of Hodder Children's Books, a division of Hachette Children's Books)
through Japan UNI Agency, Inc., Tokyo.

ヒック・ホレンダス・ハドック三世
相棒のドラゴン、トゥースレスとともに

作者について

ヒック・ホレンダス・ハドック三世は、
バイキングのたぐいまれなヒーローである。
史上最高の剣士であるとともに、
ドラゴン語の達人でもあった。
だが、そんなヒックも子どものころは、
いたって平凡だった。
この本では、そんなヒックが、
いかに苦労してヒーローになったかが
描かれている。

「ヒックとドラゴン」シリーズの順番は、
以下のとおりだ。
だが、順番に読まなくても
楽しめる。

1. 伝説の怪物(かいぶつ)
2. 深海の秘宝(ひほう)
3. 天牢(てんろう)の女海賊(おんなかいぞく)
4. 氷海の呪(のろ)い
5. 灼熱(しゃくねつ)の予言
6. 迷宮(めいきゅう)の図書館
7. 復讐(ふくしゅう)の航海(こうかい)
8. 樹海(じゅかい)の決戦
9. 運命の秘剣(ひけん)
10. 砂漠(さばく)の宝石(ほうせき)
11. 孤独(こどく)な英雄(えいゆう)
12. 最後の決闘(けっとう)(この本)

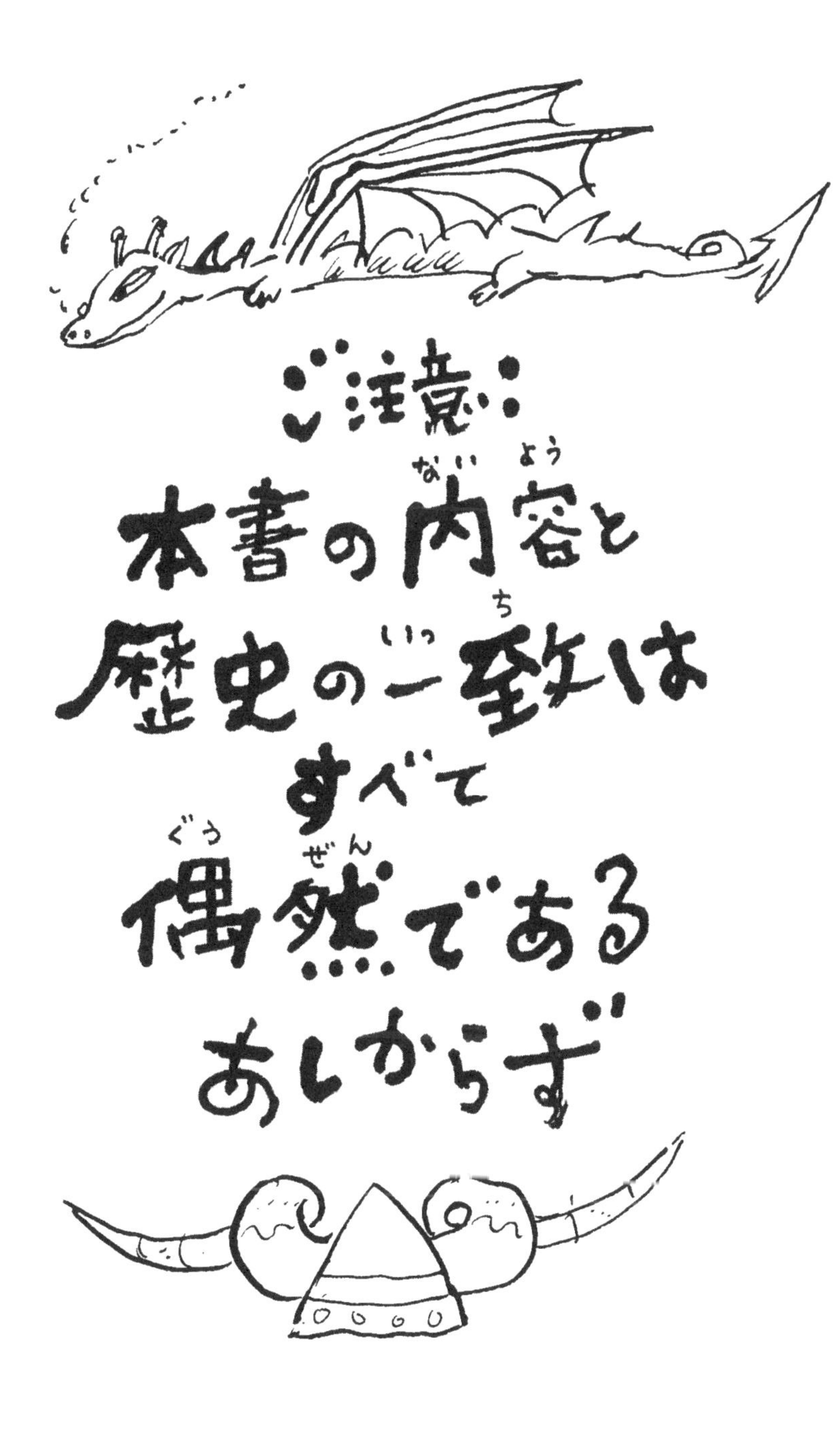
ご注意：
本書の内容と
歴史の一致は
すべて
偶然であるべし
あしからず

ストームフライ
ストイック
フィッシュ
バルハララマ
カミカジ

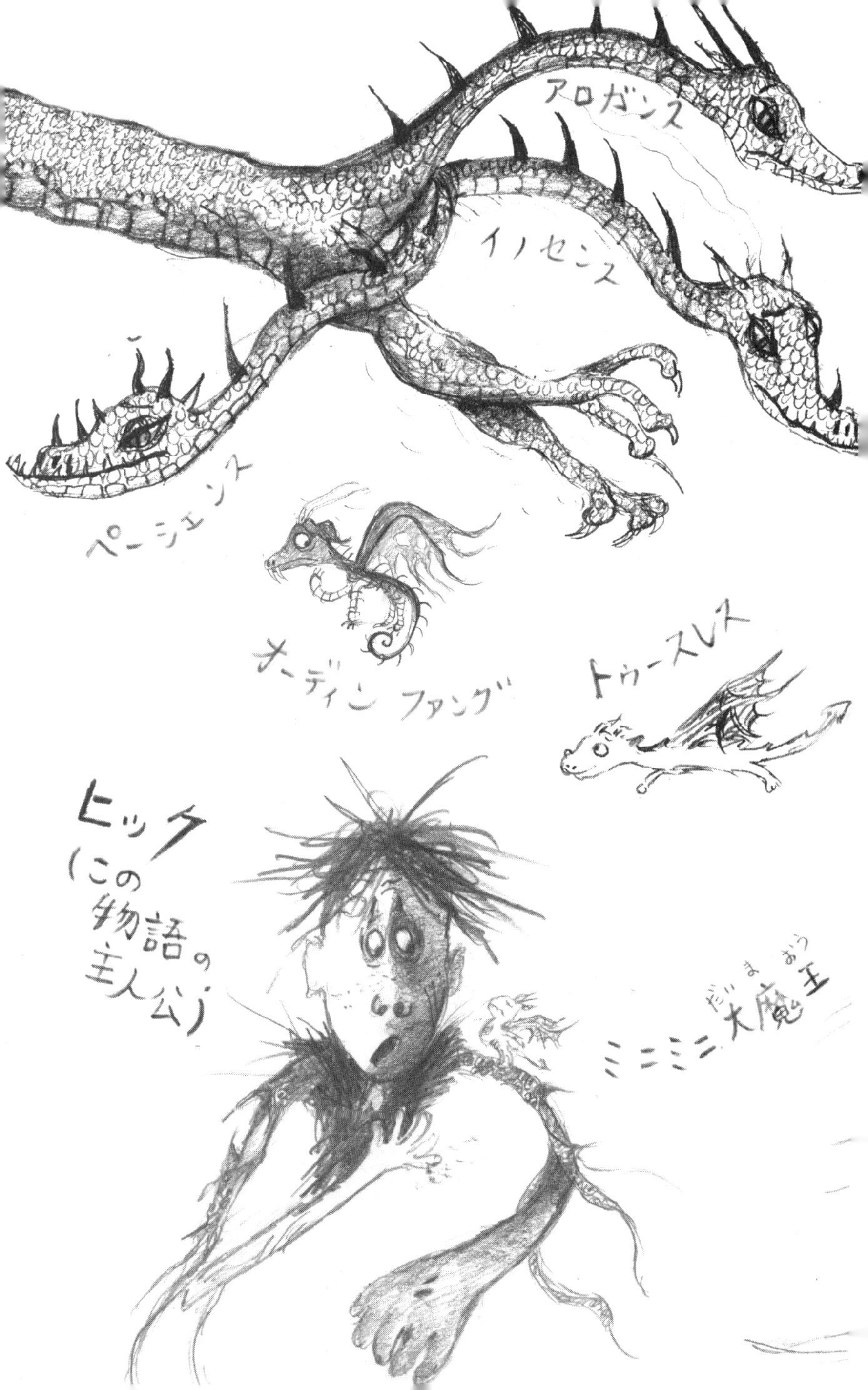

アロガンス
イノセンス
ペーシェンス
オーディン ファング
トゥースレス
ヒック
(この物語の主人公)
ミニミニ大魔王(だいまおう)

←バギーバム
ホグフライ
裏切り者のアルビン
魔女エクセリノール

バーサ
（ドロドロ族の
カシラ）
タンタルム
ゴバー
ホットショット

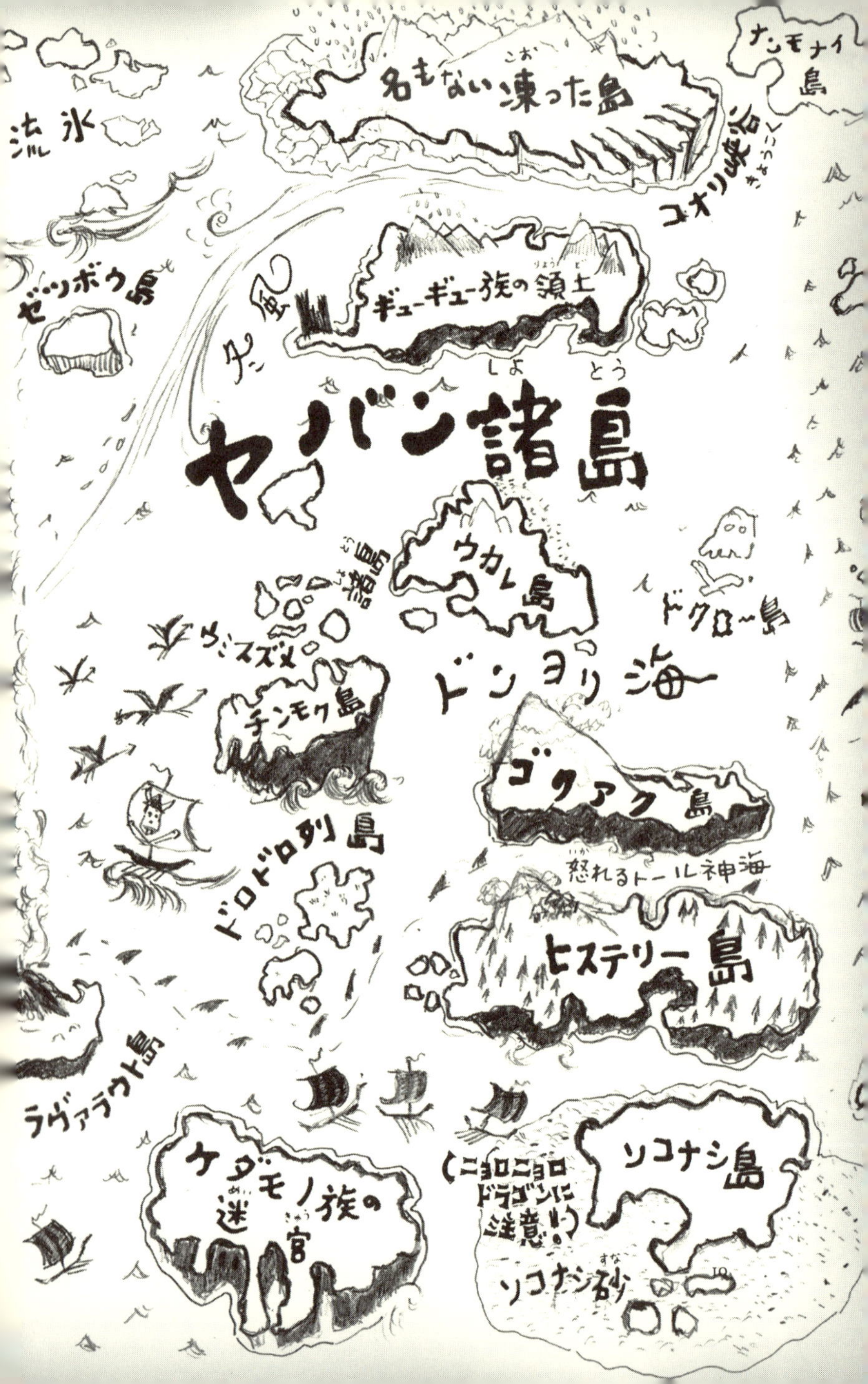

名もない凍った島
ナンモナイ島
流氷
コオリ峡谷
ゼツボウ島
ギューギュー族の領土
冬風
ヤバン諸島
ウカレ島
ウミスズメ諸島
ドクロ～島
ドンヨリ海
チンモク島
ゴクアク島
ドロドロ列島
怒れるトール神海
ヒステリー島
ラヴァラウト島
ケダモノ族の迷宮
（ニョロニョロドラゴンに注意!?）
ソコナシ島
ソコナシ砂

外洋
天空墓地
(シードラゴヌス・ジャイアンティクス・マックス、
ハメッドラゴン、ダークブリーダーなど
巨大ドラゴンのすみか)
キリサキ島
キリサキ湾
ヒーローズエンド岬
サンゴ族の領海
サンゴ島
アメリカはこっち
(ほんとうに
そんな国が
あれば)
アッタ海流
ミライ島

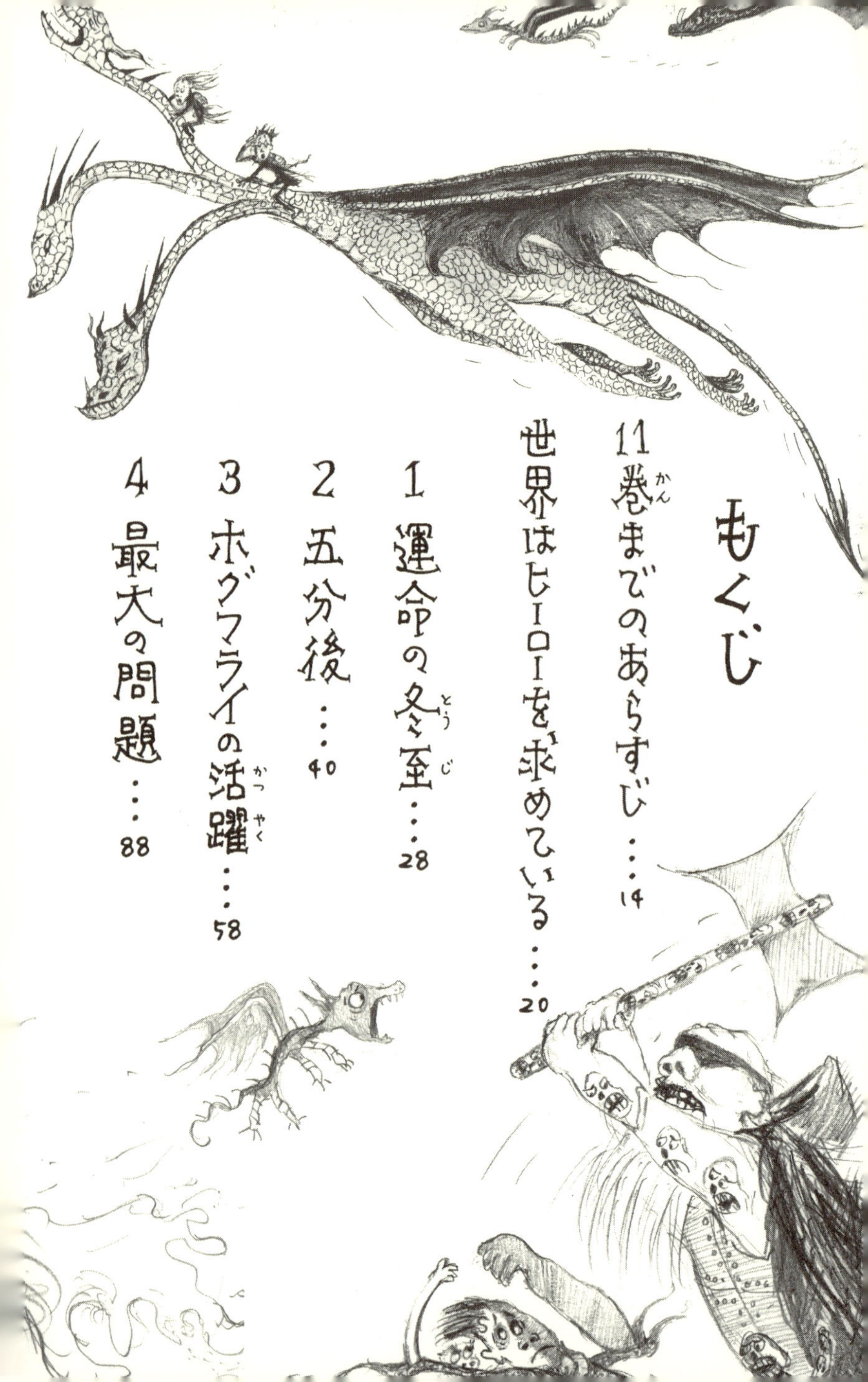

もくじ

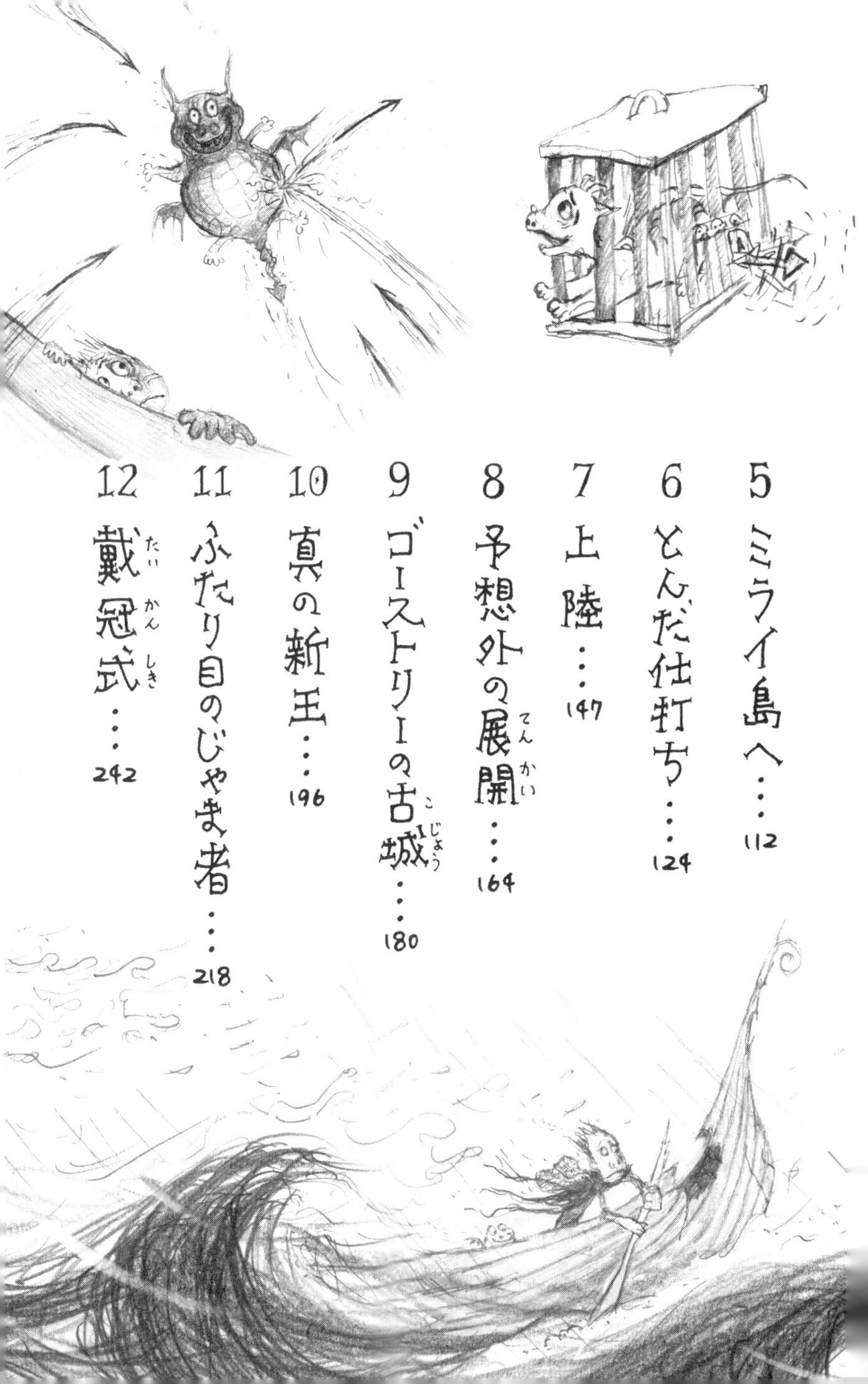

11巻までのあらすじ

「わしが子どもだったころ、この世には、まだドラゴンがたくさんおった」

第一巻は、こんな言葉で始まりました。

むかし、小さなバーク島に、ヒック・ホレンダス・ハドック三世という少年がいました。

少年は、狩り用ドラゴンのトゥースレスや、フライングドラゴンのウィンドウォーカーをはじめ、たくさんのドラゴンとともに、自然のなかで幸せにくらしていました。

ヒックは、モジャモジャ族のカシラ、ストイックのひとり息子でしたが、絵にかいたようなバイキングである父親とはちがって、インゲンマメのようにやせっぽっち。でも、剣の腕前はみごとで、ドラゴン語の達人でした。ドラゴン語というのは、ドラゴンたちが使っていた言葉で、これを話せる人間は、ほとんどいませんでした。

ある日のこと、ヒックは、恐ろしいまちがいを犯してしまいます。百年ものあいだ、鎖でしばられていたフュリオスという名の巨大なシードラゴンを、ヤジュウ島の樹海からときはなってしまったのです。フュリオスは、人類を根絶やしにしようと、〈ドラゴン解放軍〉を結成。こうして、人間対ドラゴンの激しい戦いが始まりました。

ヒックの育ったモジャモジャ村はもちろん、ヤバン諸島中の村という村が、ドラゴンたちの吐く炎で焼きつくされました。

そしていま、住む家を失った人々は、ミライ島へ向かい、生きのこりをかけた最終決戦の準備をしています。

人類を救える方法は、ただひとつ。新たなる〈西の荒野の王〉の誕生です。というのも、新王に認められた者は、ドラゴンを葬りさる力がある〈ドラゴンジュエル〉の秘密を知ることができるからです。ただし、新王になれるのは、百年前にヤバン諸島の方々にかくされた〈十の失われし宝〉をすべて見つけた者だけ。

ヒック・ホレンダス・ハドック三世は、十一の冒険を通して、ときにはあきらめかけ、ときには傷つき、なんども絶体絶命になりながら、ついに十の宝をすべて手に入れました。もちろん、ひとりでできたわけではありません。親友のフィッシュとカミカジ、年老いたシードラゴンのオーディンファング、そして、まわりと同じ色に体の色を変えられる三つ首の美しいドラゴン、ダークシャドウの助けを借り、不可能と思われていたことを達成したのです。

ところが、宝はすべて、ひきょうな悪党、裏切り者のアルビンにうばいさられてしまいました。アルビンは宝を手にミライ島にたどり着き、いままさに新王になろうとしています。ジュエルの秘密を知るが早いか、全ドラゴンをこの世界から消しさるでしょう。

一方、ヒックは、アルビン軍の兵士に心臓を射ぬかれて死んだと思われていましたが、じつは、ミライ島にほど近いヒーローズエンド島の小さな浜辺に打ちあげられていたのです。なんとか命拾いはしたものの、意識はありません。フライングドラゴンも、船も、宝も、何もかも失ってしまいました。十の宝がなければ、たとえミライ島へたどり着けたとしても、足をふみいれたとたん、砂のなかから〈守り魔〉がいっせいに飛びだし、ヒックを宇宙のちりにしてしまうでしょう。

ヒック、今度こそ、本当の本当に絶体絶命です。

今日は、〈十二日間の審判〉の最終日、〈運命の冬至〉。人間とドラゴンの運命が決まる日です。

ヒックが西の荒野(こうや)の新王になり、ドラゴンを救うのに残された時間は、今日(きょう)一日だけ。

たった一日で……

……ヒックは、人類を、そしてドラゴンを救えるのでしょうか？

世界はヒーローを求めている

人類は、いままで経験したことのない闇にいる。ヤバン諸島は、想像を超える恐怖に包まれていた。

少し前まで、小さな島々には緑が青々としげり、命が満ちあふれていた。それぞれの島の中心には、住み心地のよい小さな村もあった。それが、いまでは、影も形もない。破壊されたのは、村だけではなかった。山々は焼けこげ、あちこちが大きくえぐられて土砂くずれを起こし、川は不自然にゆがんでいる。木は根こそぎ倒れ、幹から樹液が涙のように流れでていた。大地には、怒れるドラゴンたちがカギづめで引っかいた傷跡が無数にある。

村から立ちのぼる煙と林から燃えたつ炎が朝もやと混じりあい、キリサキ湾には、ぶきみな雰囲気がただよっていた。かすみの切れ間に、フュリオスとフュリオス率いるドラゴン解放軍の姿が、ときおり亡霊のように浮かびあがる。

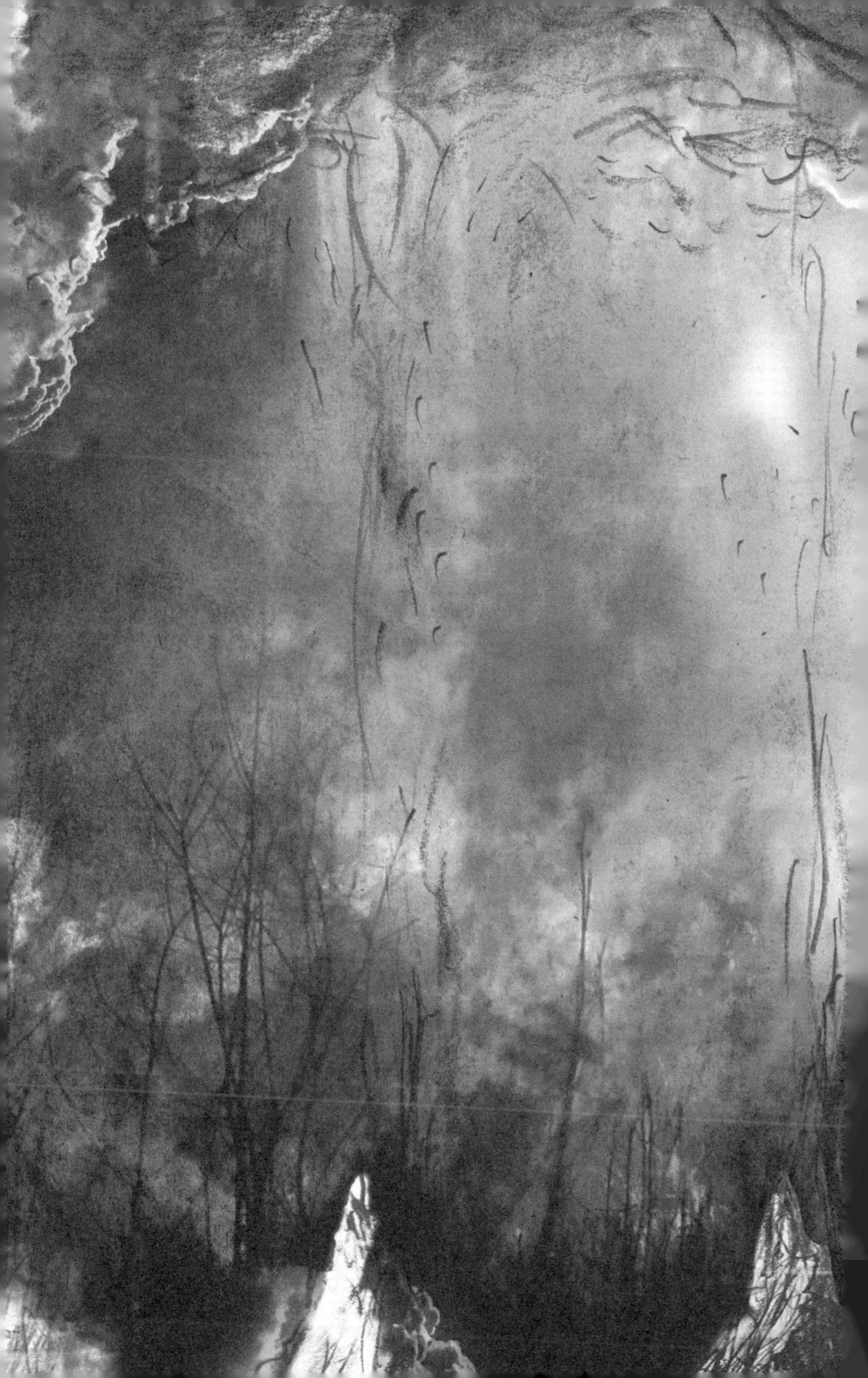

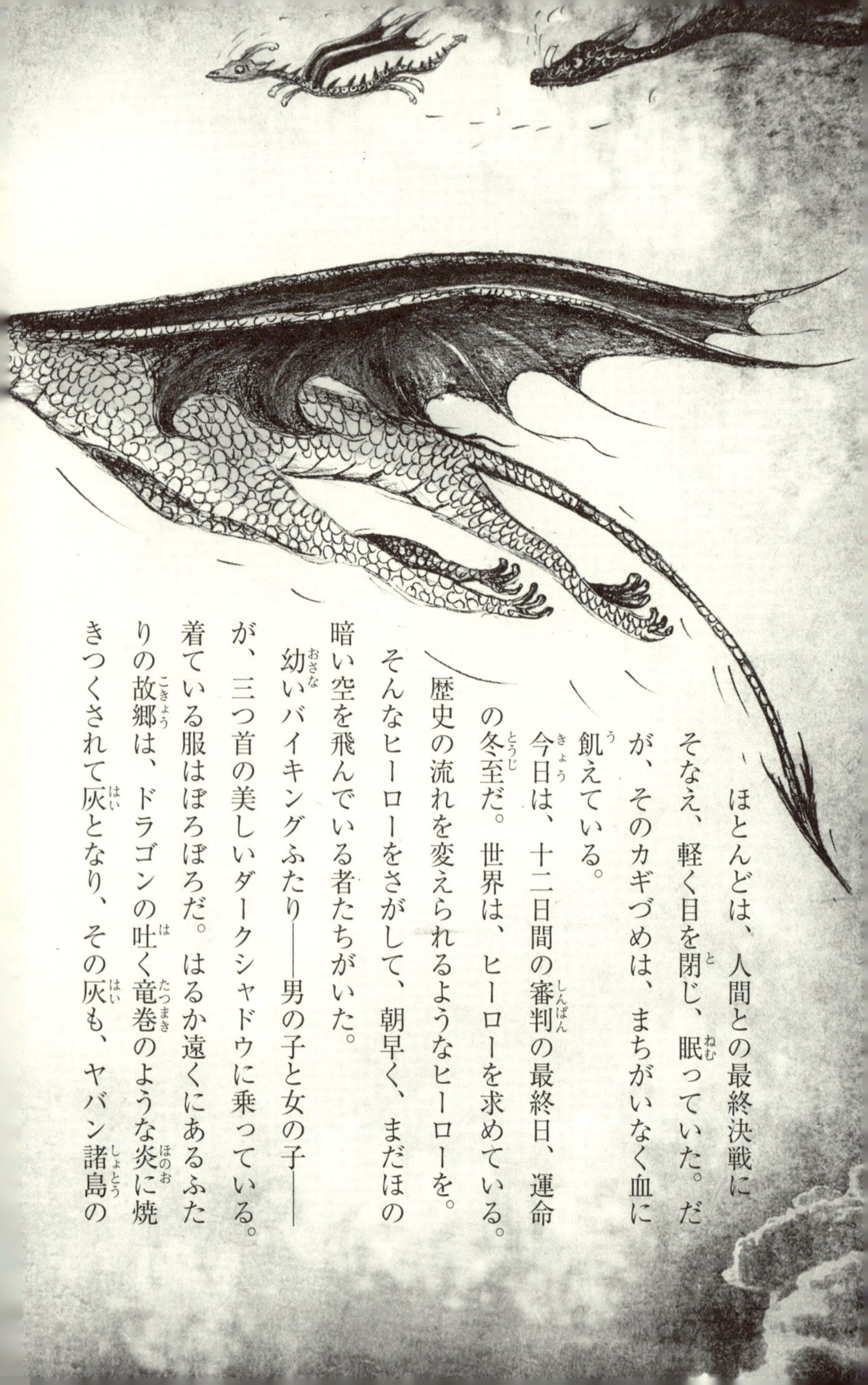

ほとんどは、人間との最終決戦にそなえ、軽く目を閉じ、眠っていた。だが、そのカギづめは、まちがいなく血に飢えている。

今日は、十二日間の審判の最終日、運命の冬至だ。世界は、ヒーローを求めている。

歴史の流れを変えられるようなヒーローを。そんなヒーローをさがして、朝早く、まだほの暗い空を飛んでいる者たちがいた。

幼いバイキングふたり——男の子と女の子——が、三つ首の美しいダークシャドウに乗っている。着ている服はぼろぼろだ。はるか遠くにあるふたりの故郷は、ドラゴンの吐く竜巻のような炎に焼きつくされて灰となり、その灰も、ヤバン諸島の

強い風にあおられて、東西南北に散った。

この子たちを救えるのは、ヒーローしかいない。

ふたりは、とてもとてもおびえていた。女の子は、平気なふりをしていたけれど。

女の子の名前は、カミカジ。つむじ風に巻きあげられたようなボサボサの髪の毛をした、ドロドロ族のじゃじゃ馬だ。カミカジは、ダークシャドウの首にしがみつきながら、身を乗りだし、うしろに流れていく濃い霧に向かって、必死にさけんだ。

「ヒック、ヒック！　どこにいるんだ？　ヒック！　どこだー？」

女の子のうしろには、フィッシュという名の男の子。アメンボみたいにやせっぽっちで、巻き毛の髪は、ちりちりにこげ、メガネはひびが入り、鼻からずり落ちている。

「カミカジ、ヒックは死んじゃったんだ。みんな、そう思ってるよ。だって、目の前で、見たじゃない」フィッシュは、もうあきらめるしかない、というふうにいった。

どこにいるんだ？？？…？

ここだー

「死んでなんかない！　そんなの、信じるもんか。絶対に生きてる。心で感じるんだ……」カミカジは、認めるのが怖くて、怒ったように答えた。「ヒック！　ヒック、どこにいるんだ？　どこだよ！」

ヒックをさがしているのは、カミカジとフィッシュだけではなかった。

霧のかなたでは、魔女の手先のアカメドラゴンが、恐ろしいつばさを広げ、目をギラギラと赤く光らせながら、コウモリに似た顔にくっついた鼻をひくつかせて、ヒックをさがしまわっていた。だが、カミカジやフィッシュとちがい、薄暗い霧のなかをでたらめにさがしているのではない。向かうべき場所が、正確に確実に完璧にわかっていた。アカメドラゴンは、昨日、ヒックの腕にかみつき、歯を二本埋めこんだのだ。その歯が、霧の下の海から呼んでいるのが聞こえる。

カタカタ、カタカタカタ。アカメドラゴンの歯が音をたてる。

カタカタ、カタカタカタ。ヒックの腕(うで)のなかで、小刻(こきざ)みに震(ふる)えつづける。

なんてことだーーー。ヒックめ、大けがはしているが、まだ死んでいないとは。だが、じきに死んでもらう。ああ、そうとも。おいらが、とどめを刺(さ)してやるーーー。

カタカタ、カタカタカタ。アカメドラゴンは、コウモリのような耳をすませ、音のするほうへとおりていった。

フュリオスもまた、ヒックが生きていることに気づいていた。そこで、サンドシャークに、霧(きり)に包まれたヤバン諸島(しょとう)をくまなくさがすよう命じた。サンドシャーク探索(たんさく)

団は、一晩中、きばからよだれをたらし、ヒョウのようなするどい目を光らせ、暗い海の上を飛びまわった。北は名もない凍った島から、南は火炎の森まで、東は絶望の浜辺から、西はミステリー島やウォーターランドまで。

ヒックをさがせ……ヒックをさがせ……ヒックをさがしだせ……。

探索団は、それが呪いの言葉でもあるかのようにつぶやきながら、復讐に燃える幽霊か、はたまた過去の亡霊のごとく空をさまよった。

と、そのときだった。

「ヒック！　ヒック、どこにいる？　ヒック、どこだーーー？」アカメドラゴンが、サンドシャーク探索団の前を通りすぎた。「ヒック！　ヒック、どこにいる？　ヒック、どこだーーー？」

ヒック、どこにいるんだ？

探索団は、霧にまかれないよう気をつけながら、同じ獲物を追っているアカメドラゴンのあとをつけた。

これほど、世界がヒーローを必要としているときが、過去にあっただろうか。あと二、三時間もすれば、眠っているドラゴン解放軍も目を覚まし、この世は地獄となる。

十二日間の審判の最終日、最初にヒックを見つけだすのは……だれか。救いの手をさしのべてくれる友か、それとも、きばと炎で向かってくる敵か。

読者諸君、読みすすめるなら覚悟せよ。覚悟ができたなら、ともに進もう。わたしたちは、アカメドラゴンよりも速く飛び、ダークシャドウよりもうまく姿を消して、だれよりも先に、ヒックにたどり着くことができるのだから。

小さなヒーローズエンド島の浜辺に打ちあげられているヒックに。

舞台は、すべてが始まり、そして終わる場所、ヒーローズエンド島。

さあ、終わりの始まりだ。

1 運命の冬至

運命の冬至と呼ばれる、十二日間の審判の最終日、ヒック・ホレンダス・ハドック三世は、小さなヒーローズエンド島の浜辺で気を失っていた。

天気は荒れていた。身を切るような寒さのなか、太陽は、まるで水平線が凍っているせいでのぼってこられないとでもいうように、なかなか顔を出さない。冬の風が、死を予告する妖精バンシーを百人集めたようなほえ声をあげている。早朝の濃い霧や戦火の煙、燃えつづける木々のすすが混じりあい、すぐ前さえよく見えない。

もっとも、視界が悪いのは、いまの状況を考えれば、都合がよかった。破壊され、焼きつくされた大地を目にしないですむ。昼も夜もヒックをさがしまわるドラゴンの姿や、すさんだキリサキ湾をうろつくドラゴン解放軍も見えない。何よりも、霧や煙は、ヒックを敵からかくしてくれた。

ヒックは、ヒーローとは思えないほど、平凡な見かけをしている。顔は、これといった特徴がなく、記憶に残りにくい。だが、いまのヒックは、一度見たら忘れられないほど、ひどい姿をしていた。まるで、だれかにふんづけられたかかしだ。体は半分海につかっている。服はずたずたに破れ、両目のまわりにはあざができ、顔にはドラゴンに引っかかれた傷がいくつもあった。体中に、ひからびた塩がついている。左腕は、前の日にアカメドラゴンにかみつかれたせいではれあがり、気味の悪いむらさき色になっていた。

人類を滅亡から救うヒーローには、とても見えない。

だが、ヒックは、生きていた。少なくとも、いまは。

ヒックの胸の上には、枯葉のようにしわくちゃで、よれよれのドラゴンが乗っかっていた。千歳はゆうに超えている、オーディンファングという名の老ドラゴンだ。

オーディンファングは、ヒックの破れたえりもとをつかみ、力のかぎりに引っぱった。だが、やせこけた子ウサギほどの大きさしかないオーディンファングでは、気絶してぐったりしたヒックを、せいぜい一、二センチしか動かせなかった。

「弱ったのう」オーディンファングはつぶやいた。そのあいだにも、ヒックの心臓に体をすりつけて温め、顔に息をそっと吹きかけて起こそうとする。「最悪も最悪じゃ。こんなところでぐずぐずしておったら、敵に見つかってしまう。おまけに、潮が満ちたら、おぼれ死ぬではないか。ただでさえ、問題は山積みだというのに。ヒック、起きるんじゃ！　たのむから起きとくれ！」

　ヒックのまぶたが、ピクピクと動いた。オーディンファングが、わらをもつかむ思いで、海水をヒックの顔にピュッとふきかける。ヒックは、水をゴボッと吐きだし、せきこんだ。

「おお、天の神々よ、礼を申すぞ」オーディンファングは、ピョンピョンとびはね、バッタが羽をそうするように、つばさをこすりあわせた。「意識がもどった！　目を覚ましたぞ！」

ヒックは、痛みに耐えながら目を開けた。

「ヒック、すまんが、いますぐ浜に上がっとくれ。じきに潮が満ちてくる」

ヒックは起きあがると、ふたたびせきこみ、額をおさえてうめいた。まるでトール神がハンマーで内側と外側を同時にたたいているみたいに、頭ががんがんする。あまりの痛さに、耳までキーンとした。

「ここはどこ？」海水をまたゴボッと吐きだし、息を整える。

「ヒーローズエンドという小さな島じゃ。残念だが、乗っていた船は沈み、失われし宝はすべてアルビンにうばいさられてしまった。つまり、わしらは、急いで――」

「どうして、ぼくは、船に乗ってたの？」ヒックが、話をさえぎる。「アルビンって、だれ？　失われし宝？　それより、あなたは？　というか……ぼくはだれ？」

オーディンファングが、目をぱちくりさせる。

「なんじゃと？」

「ぼくはだれ？」ヒックはくり返した。

「わからないのか？　本当に？　自分がだれだかわからない、といっておるのか？」

ヒックが、こくんとうなずく。

「なんてこった、なんてこった、なんてこった！　これ以上悪いことは起きないと思っておっても、起きるときは起きるもんじゃ。ヒックが記憶喪失（きおくそうしつ）とは！」

残念ながら、オーディンファ

ングのいうとおりだった。ヒックは、沈んでいく船のマストに頭を強く打ち、記憶を失ってしまったのだ。

「ごめんなさい。でも、本当に自分がだれかも、どうしてこんなところにいるのかも、なんにも思いだせないんだ」体が、どうしようもなくがたがたと震える。

もちろん、必死に思いだそうとした。でも、まるであたりをただよっている濃い霧が耳から頭のなかに入りこみ、もやがかかったみたいだ。

理解できたのは、寒くて、痛くて、恐ろしいことが起きたばかりで、何か重要なことをしようとしているらしい、ということだけだった。

「こりゃまた、やっかいなことになった！　もうじゅうぶんやっかいだというのに」オーディンファングは、またとびはねた。「わしらには、時間がないのじゃ。わしはオーディンファング。おまえは、ヒック・ホレンダス・ハドック三世、偉大なるヒーローじゃ」

「ぼくが？　とてもそうは見えないけど」ヒックは、ぼろぼろの服と、がりがりの体を見て、目を丸くした。

「信じられんかもしれんが、本当じゃ。バイキングのヒーローにしては、ずいぶん変わり種じゃが、おまえさんはかしこく、ドラゴン語だって話せる。ドラゴン語がわかる人間は、世のなかでほんのわずかしかおらん。それにしても、おのれがだれかもわからぬのに、ドラゴン語は、しかと覚えておるとは、ふしぎなものじゃ」

「ほんとだ！」ヒックは、そうドラゴン語で答える自分に、またびっくりした。

「この事態をなんとかして、切りぬけなければならん。わしらは、絶体絶命の危機にある。あそこを見るのじゃ！」オーディンファングは、できるだけ落ちついていったが、声はうわずっていた。ブルブルと震えるつばさで北東を示す。

「なんにも見えないけど」濃い霧のせいで、本当に何も見えない。

「それでは、わしの話を信じるしかなかろう。霧の向こうにあるキリサキ島に、フュリオスという名のドラゴンが、冷酷な仲間を大勢呼びあつめた。フュリオスは、たったひとつの目的のために、残酷きわまりないドラゴンたちを率いておるのじゃ。

その目的とは……人類を根絶やしにすること」

いやな沈黙が流れる。

ヒックは、息をのんだ。煙を吸いこみ、せきこむ。冷たい海水が骨の髄までしみこむような寒気を感じ、ますます震えた。心臓の音が、やけに大きくひびく。

　ドックン、ドックン、ドックン。

「運命の冬至……」ヒックは、ゆっくりとつぶやいた。サメドラゴンの背びれが海面に現れるかのように、恐ろしい記憶の断片が頭に浮かび、すぐに消えた。「運命の冬至……人間対ドラゴンの最終決戦……」

「それ本当なの？」ヒックは、霧のかなたに目をこらした。

「まったくもって本当じゃ。おまえ、ヒック・ホレンダス・ハドック三世は、人間にとってもドラゴンにとっても、最後のそして唯一の希望の光なのじゃ」

「ぼくが？　このぼくが？」

　ヒックは、まさかというような笑い声をあげ、あざだらけの体を見つめた。海藻のような足、ニワトリの羽みたいな腕。左腕は、何にかまれたのか二倍にふくれあがり、むらさきに変色していた。

「ヒーローといったら、剣で戦ったり、斧や槍を投げたりするんでしょ？　こんなぼくが、ドラゴンの大群を相手に何ができるっていうの？」

「そう見えて、おまえは、剣の達人――」

「いまはちがう！」ヒックは、オーディンファングに左腕をふってみせた。「これじゃ、剣を持つことさえ、ままならないよ。この腕で敵をたたけっていうの？　それとも、よだれでもくっつければ、にげていくかな」

オーディンファングはかまわず、先を続けた。

「できるだけ早く、この島を出発しなくては。フュリオスの手下が、おまえを一晩中さがしておった。それに――うっ、痛い！」

年老いた茶色のドラゴンは、短い悲鳴をあげ、目をかっと見開くとふり返った。背中に、小さい矢が突きささっている。

「なんてこった！　やられた！」

軽い毒をふくんだ矢を放ち、獲物を眠らせるドラゴンは、たくさんいる。オーディンファングは、つばさで浜辺の奥のしげみを示した。

「緊急事態発生！　緊急事態発生！　ドラゴン解放軍の一味じゃ！」

ヒックは、あたりを見まわした。どこを見ても、黒い煙しかない。耳をすませても、聞こえるのは風の音とカモメの鳴き声だけだ。

ヒュッ！

べつの矢が、ヒックの鼻先をかすめた。海岸の奥（おく）のしげみから飛んできたようだ。考えるより先に、体が反応（はんのう）した。だが、さっと起きあがったはいいが、すぐに立ちつくした。左腕（ひだりうで）だけではなく、左足もむらさき色になっていたからだ。左半身全体が麻痺（まひ）し、クラゲのようにぐにゃぐにゃだ。

ヒックは、よっぱらった船乗りみたいによろよろと前に進み、すぐに転んだ。毒矢が飛んできて、ヒックの頭をかすめる。ヒックはオーディンファングにかけよると、肩甲骨（けんこうこつ）に刺（さ）さった矢を引きぬき、小さなドラゴンをぼろぼろの服のなかにおしこんだ。

「だいじょうぶ？」とヒック。

「心配無用じゃ。少しばかり、毒が回ってきたようだが」

ヒュッ！　ヒュッ！　ヒュッ！

毒矢は、しげみから放たれている。ヒックは、そばにあった大きな岩の陰（かげ）に転がりこんだ。あまりの恐怖（きょうふ）に、心臓（しんぞう）がバクバクと音をたてる。

そっと、のぞきみると……
霧の先に……
見えたものは……
目。
暗がりに浮かぶドラゴンの目だった。
ああ、トール神様。
ヒックは、見つかってしまった。

なんてこった！
やられた！

2 五分後

「いったい、どうなってるの？」ヒックは、オーディンファングに小声できいた。「あのドラゴンたちは何？　どうして、ぼくを殺そうとするの？」

オーディンファングのまぶたは、落ちかけていた。いまにも、気を失いそうだ。

「さっきもいったが、ドラゴン解放軍じゃ。おまえが西の荒野の新王になるのを、さまたげようとしておる。おまえさんは、失われし宝をさがしあてたヒーローなんじゃ」

「えっ、いま、なんて？」

ヒュッ！　ヒュッ！　ヒュッ！

毒矢がたて続けに、頭のすぐ上を飛んでいく。

「こりゃ、まいった。長い話じゃが、しっかりと聞いてもらわねばならん」オーディンファングは、毒が回る前に話さなければと早口でいった。「どこから始めればよいものか。むかしむかしのことじゃ。ミライ島で、ゴーストリーという名の王が、自らの手で息子を

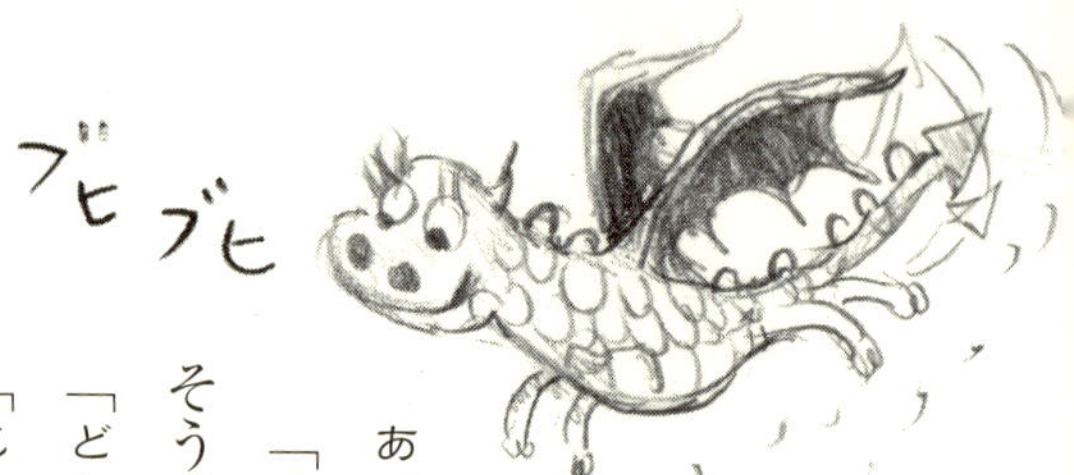

殺めてしまった。その息子が反乱を起こすという密告を受けたからじゃ。そして、息子のかわいがっていたフュリオスというドラゴンを鎖でしばりあげ、樹海に置きざりにした」

ブヒブヒ

「そんなに細かく聞いているひまはないよ。重要なことだけ教えて！」ヒックがそうさけぶあいだにも、毒矢はヒュンヒュン飛んでくる。

「どれも重要なんじゃ！」オーディンファングの声は、気がせくあまりうわずった。

「じゃあ、ゆっくりと話を聞ける場所をさがさないと。こんな岩の陰じゃ、ちょっと不安だよ」いいおわるかおわらないかのうちに、ヒックの心臓は凍りついた。首のすぐうしろで、何かがうごめいたのだ。その何かは、低くささやいた。

「ビスケットは、どこ？」

「うわぁーーーーー！」ヒックは、無我夢中ではらいのけようとした。この状況なら、当然の反応だ。

「なになに、心配には及ばん。ただの小さなドラゴンだ。船が沈むとき、リュックに入れて守ってやったんじゃろう。危険はないから、安心しなさい。そいつは、わしらの味方じゃ。いままで寝ておったようだ」

そのとき初めて、ヒックは、くたびれきった小さなリュックを背負っていることに気づいた。そのリュックから、コブタそっくりのぷくぷくと太ったチビドラゴンが、ぴょんと飛びだす。

コブタドラゴンのホグフライだ。

コブタドラゴンといえば、ヤバン諸島一頭が悪く、敵に会ったら、かみつくよりもなめるようなドラゴンだ。つまり、助けというより、足手まといになる。

「ブヒブヒ！」ホグフライは、うれしそうに鼻を鳴らした。自分をブタだと思いこんでいるらしい。「わわわっ、おっかちゃん！　おやつの時間？　お手伝いするよー。おいら、めっちゃ役に立つブヒ！」

「えっと……うん、そうだね、お手伝いもいいけど、いまはここにかく

れてようよ。毒矢があたらないようにね」
すると、オーディンファングがいった。
「話を続けさせておくれ。ゴーストリーは、密告がウソだと知り、深く後悔した。そして、自分よりもりっぱな人間が現れるまで、西の荒野に王はいらぬ、と宣言したんじゃ。それから、あらゆる場所に……さがしあてるのは不可能と思われるような場所に、十の宝をかくした。それらを見つけだした真のヒーローだけが、西の荒野の新王になるように、と」
ヒックは、ほとんど話を聞いていなかった。しげみのほうをのぞきみるのに忙しかったのだ。

　何やら黒っぽいものが、しげみから姿を現したかと思うと、坂をすべりおり、砂にもぐりこむ。地上に出ているのは、頭にくっついたとさかのようなものだけだ。それが、海面を切って進むサメの背びれのように、近づいてくる。その何かは、ときおり、頭を地上に出しては、毒矢を発射した。

　こんなのバカげてる！　ヒックは思った。この茶色い変なドラゴンは、ぼくのことをヒーローだというけれど、もうくたくただし、武器だって持ってないし、ふつうに歩けもしないのに、どうやってサメみたいなドラゴンの群れと戦えっていうの？

そのとき、記憶が、びっくり箱を開けたみたいにとつぜん現れた。

サンドシャーク。

ヒックには、向かってくるドラゴンが、サンドシャークだとわかった。どうして知っていたのかは、わからない。ただ、知っていた。しかも、思いだしたのは、名前だけではなかった。このドラゴンに関するあらゆることを思いだしたのだ。

大きさは、犬かオオカミほど。群れで行動する。催眠作用のある毒矢を使って、自分よりもはるかに大きい獲物をしとめる。毒矢を数本命中させれば、ねらった敵は意識を失うため、戦わなくても食い物にありつける。

オーディンファングは、だれも聞いていないというのに、何かにとりつかれたように話を続けた。

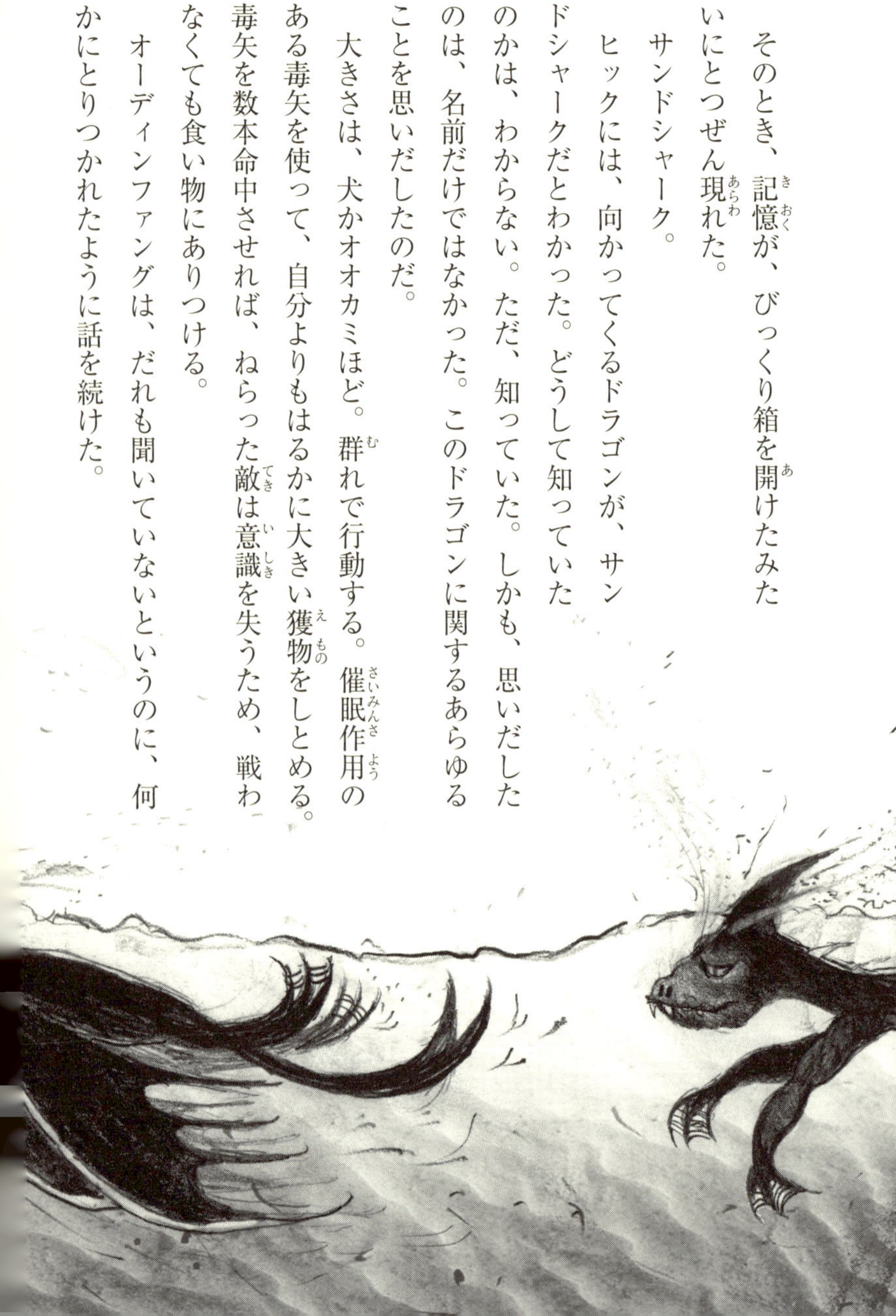

「おまえさんは、その十の宝を見つけだしたが、なんともはや、アルビンにうばいとられてしまったんじゃ。やつは、いままさに、新王になろうとしておる。そして、なったが最後、ドラゴンを絶滅させる力があるというドラゴンジュエルの秘密を知ってしまうのじゃ。ヒック、話を聞いておるか？」

聞いていなかった。あたりまえだ。生きるか死ぬかというときに、話など聞いていられるわけがない。

オーディンファングの意識は、まだしっかりしていた。ということは、ヒックほど大きければ、毒矢が五、六本命中しないかぎり、気を失うことはないだろう。にげうつれそうな距離に、難破した小舟がある。毒矢が一、二本あたっても、あのなかににげこめば、次の手を考える時間がかせげる……。

かわいい吹き矢ちゃん

だが、そのとき、ホグフライが、とんでもないことをいいだした。

「見て、見て。あのドラゴンたちったら、〈とってこいゲーム〉してるブヒ。おいらの大好きなゲームだ！　かくれんぼより、ずっとおもしろいブヒ。それに、おいら、得意なんだよねー」

ヒックが止めるより先に、ホグフライは岩の陰を飛びだし、毒矢を口でつかまえようと飛びまわった。

「危ない！　ホグフライ、やめて。それは、つかまえるものじゃない。毒がついてるんだよ！」

だが、ホグフライは知らんぷり。うれしそうにしっぽをふり、なんども毒矢に向かっていった。

「かわいい吹き矢ちゃん、おいらんとこに、おーいで！」

「その矢には毒がついてるんだ。悪い矢なんだってば！」

だが、ホグフライは、興奮すると、つばさをバタバタと速く動かすクセがあった。ヒックの声は、その音にかき消された。

「ちぇっ！」あとちょっとのところで矢をのがし、小さな口が空をかむ。

さいわい、ホグフライは、自分でいうほど、このゲームが得意ではなかった。むしろ、どうしようもなく下手だった。とはいえ、雨のように降りそそぐ毒矢のほうからホグフライに突きささるのは、時間の問題だった。

「よーし、今度こそ、つかまえるブヒ！」ホグフライは、飛んでくる毒矢の一本を待ちかまえた。

ヒックは、右足に全体重をかけ、左手をめいっぱいのばして、思いきりジャンプした。毒矢が、ヒックのしびれた左手にブスリと突きささる。ヒックは、そのまま、地面につっぷした。

「そっか、おっかちゃんも遊びたかったのかー。おみごとブヒ」

ホグフライは、ますます興奮して体を風船のようにふくらませ、ヒックのそばをふわふわとただよった。ヒックは、倒れたまま、ホグフライのくるんと丸まったしっぽを引っつかむと、うとうとしているオーディンファングを抱え、毒矢の雨のなかを小舟へとはい進んだ。

ブスッ、ブスッ、ブスッ！

ヒックが小舟に飛びこんだ瞬間、毒矢が三本、船体に突きささった。そして、ホグフライを引っぱりこもうとしたとき、その体に毒矢の一本が命中した。ところが……

ボイーン！

ぱんぱんにふくらんだ体が、毒矢をはね返したではないか。

小舟のなかは、さっきの岩陰よりは安全に思えた。だが、船体にあいた穴から外をのぞきみると、まわりを取りかこむサンドシャークのとさかがあった。じりじりと近づいているように見える。

「だいじょうぶ？」ヒックは、はあはあと息をしながら、ホグフライにやさしく話しかけた。

「あったりまえブヒ！　毒矢が一本飛んできたけど、ボイーンってはね返してやったもんね。ねえ、さっきの音、聞いた？　ねえねえ、聞いた？　ボイーン、だぞ！」

ヒックはほっとすると、左手を見た。どうせ麻痺していたので、毒矢が刺さったところで、どうということはない。だが、毒矢をぬくと、白い何かが埋めこまれているのに気づいた。どう見ても……歯だ。背筋に冷たいものが走る。

「オーディンファング、どうして左手に歯が二本刺さってるか、知ってる？」ヒックは、ふたつの白い物体から目がはなせなかった。

「知っとるとも。もうひとつ、ささいな問題をいい忘れておった。昨日、おまえさんは、アカメドラゴンにかまれたんじゃ」

アカメドラゴンだって？　ああ、トール神様……。ヒックは、もう一度、はれあがった目で穴をのぞいた。奥のしげみからサンドシャークが次々と現れては、砂のなかにもぐっていく。地上に出ているのはとさかだけだったが、近づいてくるのはわかった。

ちょっと待って！　しげみのはしのあれは何？　サンドシャークじゃないぞ。葉のあいだから、ギラギラと光る赤い目がのぞいている。まるで、目玉が浮いているみたいだ、と思っていると、顔や体がぼーっと浮かびあがってきた。サンドシャークがかわいく思えるほど恐ろしい姿。サルの体にコウモリの顔を持つ、擬態ドラゴンといえば……アカメドラゴンだ。ヒックの記憶が、そう告げる。

いともかんたんにサンドシャーク探索団に見つかった理由が、これでわかった。探索団は、アカメドラゴンをつけてきたのだ。アカメドラゴンの狩り方は、サンドシャークに似ているが、毒矢を放つ代わりに、毒をふくんだ歯を一、二本埋めこむ。たとえ獲物ににげられたとしても、歯がたてるカタカタという音をたよりにさがしあて、毒が回って麻痺したところをゆっくりとたいらげる。ぞっとする話だが、事実だ。

「ああ、トール神様……状況は、どんどんひどくなってくよ……」

そうつぶやくヒックに、オーディンファングは、追いつめられたような目をしていった。

「話にもどろう。ヒック、何がなんでもミライ島へ行かなくてはならん。そして、アルビンの代わりに王座につくのじゃ！」

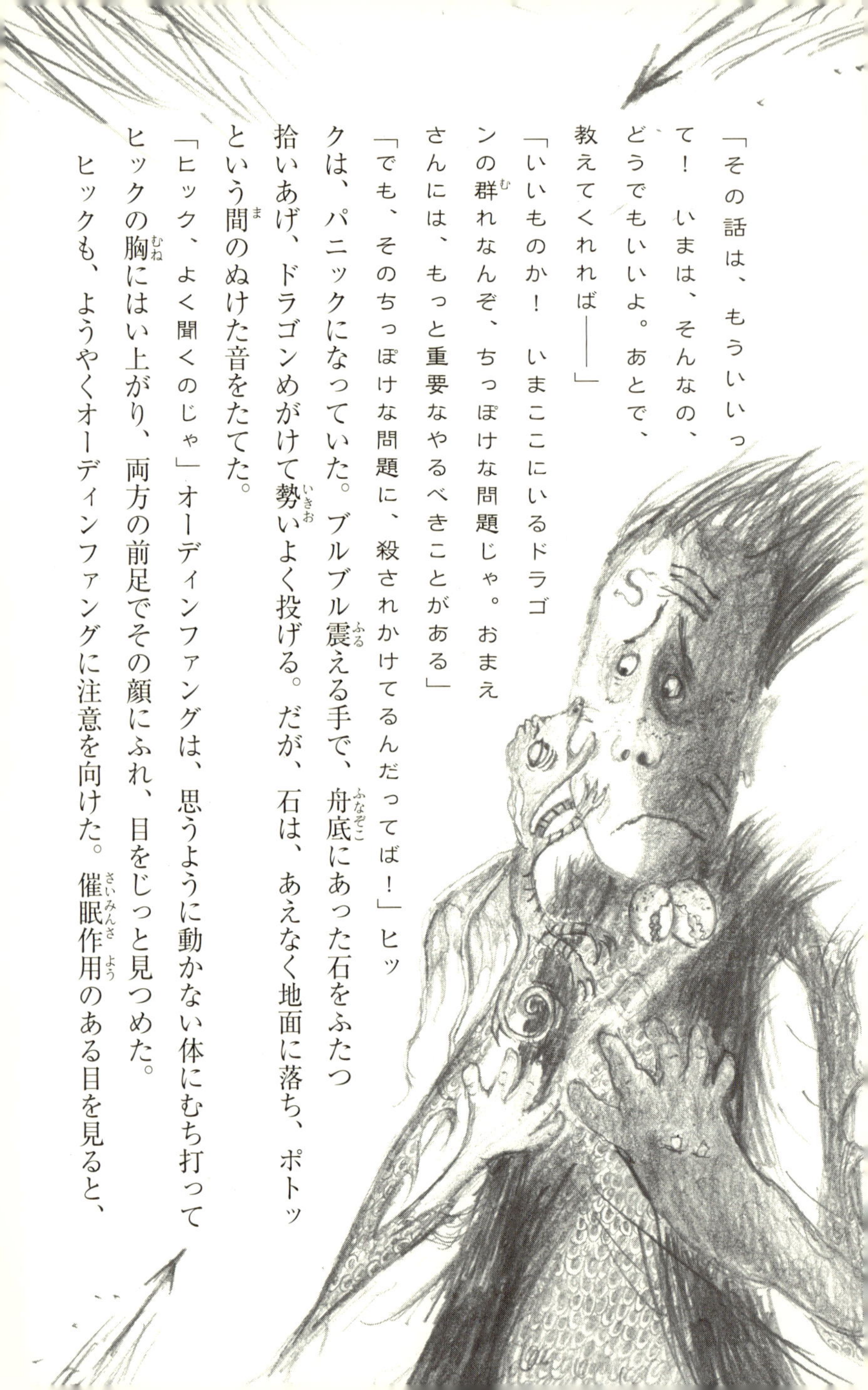

「その話は、もういいって！　いまは、そんなの、どうでもいいよ。あとで、教えてくれれば――」

「いいものか！　いまここにいるドラゴンの群れなんぞ、ちっぽけな問題じゃ。おまえさんには、もっと重要なやるべきことがある」

「でも、そのちっぽけな問題に、殺されかけてるんだってば！」ヒックは、パニックになっていた。ブルブル震える手で、舟底にあった石をふたつ拾いあげ、ドラゴンめがけて勢いよく投げる。だが、石は、あえなく地面に落ち、ポトッという間のぬけた音をたてた。

「ヒック、よく聞くのじゃ」オーディンファングは、思うように動かない体にむち打ってヒックの胸にはい上がり、両方の前足でその顔にふれ、目をじっと見つめた。

ヒックも、ようやくオーディンファングに注意を向けた。催眠作用のある目を見ると、いやでも目がはなせなくなる。

「裏切り者のアルビンは、王座につくが早いか、ジュエルの力を使って、ドラゴンをこの世から永遠に葬りさるだろう。王の戴冠式は、ミライ島の廃墟となったゴーストリーの古城でおこなわれる。アルビンの代わりにおまえが王になれ。そして、反乱をやめるよう、フュリオスを説得するのじゃ！　これで、わしがあせっている理由がわかったか？　急げ。すべては、おまえにかかっておる」

「わかった。わかったってば。行くよ。ミライ島に行けばいいんでしょ？」ヒックは、取りみだす小さな茶色いドラゴンの背中をなでた。

「かんたんなことではないぞ。おまえさんには、失われし宝もなければ船もない。武器すらないんじゃ」

「心配いらないよ。行くといったら行く」

「わしらが、こうやってヒーローローズエンド島に流れついたのも、何か意味があるのかもしれん。どういう意味があるのかはわからんが、この島は、ゴーストリーが埋葬されたといわれておる場所なんじゃ。それにしても、アルビンは、おまえさんが生きていると知ったらおどろくぞ。昨日ヒックだと思って殺したやつが、身代わりのスノットだったとは、夢にも思わんじゃろう」

オーディンファングの声は、弱々しかった。だが、あと少しで気を失うことに感づいたのか、早口でまくしたてた。

「よいか、だれも信用してはならん。おまえさんの命をねらっているものは、ごまんといる。フュリオスもアルビンもそうじゃ。すべてを敵と思え」

「わかった。だれも信用しない」ヒックは、オーディンファングを安心させたくて、素直にうなずいた。

「それから、もうひとつ。絶対にしてはならないことがある。ミライ島には――」

だが、オーディンファングは、先を続けることができなかった。サンドシャークの毒が、まぶたを重くしていく。先の割れた舌が、最後に一回だけ動いた。

「絶対に――」

だが、おそかった。

老ドラゴンは、目を閉じ、くずおれた。

ヒックが最後まで聞けなかったのは、運が悪かったというほかない。なぜなら、オーディンファングは、こういおうとしていたからだ。

「ミライ島には、絶対に砂浜から上陸してはならん。砂浜には、守り魔がおる」

何がなんでも伝えておきたい情報だっただろう。

オーディンファングのいったとおりだ。

これ以上悪いことは起きないと思っていても、起きるときは起きるものだ。

3 ホグフライの活躍(かつやく)

ほんの五分前までは、オーディンファングが、気を失ったヒックを起こそうとしていた。

それが、いまや立場逆転(ぎゃくてん)だ。

「起きて！　お願いだから、起きてよ。ぼくは、どうすればいいの？」ヒックが、オーディンファングをゆすり、耳のうしろをくすぐる。

矢の毒は、この小さな茶色いドラゴンを殺しはしなかったが、深い深い眠(ねむ)りに落とした。オーディンファングは、ドラゴンに襲(おそ)われていることなどすっかり忘(わす)れ、こんなに小さいくせに、信じられないくらい大きないびきをかいている。

落ちついて。落ちつくんだ。ヒックは冷静に考えようとした。

敵(てき)——サンドシャーク三十頭と、身の毛もよだつアカメドラ

ゴン一頭。

味方――左半身が麻痺して歩くこともままならない、追跡装置を埋めこまれた自分、気を失ったオーディンファング、それから、舌をだらりとたらして浮かれている、性格はいいが頭の悪いコブタドラゴン一ぴき。

アカメドラゴンが、じりじりと近づいてくる。このドラゴンが近

づけば近づくほど、ヒックの左手はうずいた。埋めこまれたのこぎり状の歯が、まるで持ち主に気づいたかのようにピクピクと動くからだ。

　あまりの痛さに悲鳴をあげそうになる。

　と、べつのほうから、恐ろしい鼻息がした。ああ、トール神様。サンドシャークたちも、いまや息づかいが聞こえるほど近くにいるのだ。ヒックは、また外をのぞきみようと小舟にあいた穴に近づき、わっと飛びのいた。穴の向こうに、アカメドラゴンの巨大な目が見えたからだ。

　ヒックは、わなわなと震えながら、ドラゴンの目が消えるのを待って、もう一度、外をのぞきみた。

　アカメドラゴンは、すぐそこにいる。鼻がピクピクと動き、吸血鬼のようなきばから、よだれがしたたり落ちている。獲物に飛びか

かるときに鳴らす、のどの音が聞こえた。くるりと巻いたしっぽの先には、ロープが結ばれていた。

とにかくどうにかしなくちゃ、やられちゃう。

ふと、とんでもない考えが浮かんだ。そういえば、サンドシャークの毒矢は、風船のようにふくらんだホグフライには、突きささらなかった。ここは、ホグフライにサンドシャークの気をそらしてもらい、そのあいだに、アカメドラゴンをなんとかしよう。

「ホグフライ、たのみがあるんだ。鬼ごっこをしないかい？」ヒックは、せっぱつまった声でいった。

「わーい！　どっちが鬼ブヒ？　おいら？　それとも、おっかちゃん？」

「鬼は、サンドシャークだよ」

「それって、ステキな歌を歌ってるやつら？」

「そうだ。まずは、さっきみたいにふくらんでみて」

「こんな感じブヒ？」ホグフライは、まじめな顔をして風船のようにふくらんだ。

「うん、そんな感じ。次に、ここから飛びだすんだ。でも、絶対につかまっちゃだめだよ」

「まかせとけ！」ホグフライは、全身むらさき色になっていた。まるで、巨大なぶどうのつぶに、カールしたしっぽと、はりきったブタの顔がくっついているみたいだ。「鬼ごっこ、だーいすき。そうそう、とってこいゲームより、ずっと得意だもんねー。絶対につかまんないブヒ！」

「ぼくが合図するまで、飛びだしちゃだめだよ」ヒックは、ホグフライにささやくと、眠っているオーディンファングをリュックに入れた。それから、大きな海藻を拾って頭にのせ、体中に砂や泥をこすりつけた。

満月のようにまんまるになったホグフライは、小舟のへりにかくれて、クスクスと笑っている。

「びっくりさせるブヒ！」

ヒックは、穴に目をあて、外を確認した。アカメドラゴンが、身を低くして、襲いかかる体勢をとっている。

「いまだ！」

ヒックの合図で、ホグフライは勢いよく飛びだし、かん高い声でさけんだ。

「鬼さんこちら！」

ボイーン！　ボイーン！　ボイーン！　ボイーン！

ボイーン！　ボイーン！　ボイーン！　ボイーン！

サンドシャークは、いっせいに毒矢を放った。だが、ホグフライのぱんぱんにふくらんだ体にあたっては、はね返り、地面に落ちる。

一方、アカメドラゴンは、飛びかかる体勢のまま、目だけをホグフライに向けると、ぎょっとした。空中で、フグみたいなドラゴンが、ぷかぷかと浮いているではないか。

「ナイスショットブヒ！」ホグフライは、サンドシャークに気を使ってそういうと、つばさのあるバッシーボールのように、あっちによけたり、こっちによけたりした。「でも、つかまえられないよーだ！」

ボイーン！　ボイーン！　ボイーン！　ボイーン！　ボイーン！　ボイーン！　ボイーン！　ボイーン！　ボイーン！　ボイーン！

「またまたナイスショットブヒ！　じゃあ、もうちょっとむずかしくするぞ。これでどうだ！　あてられるもんなら、あててごらーん」

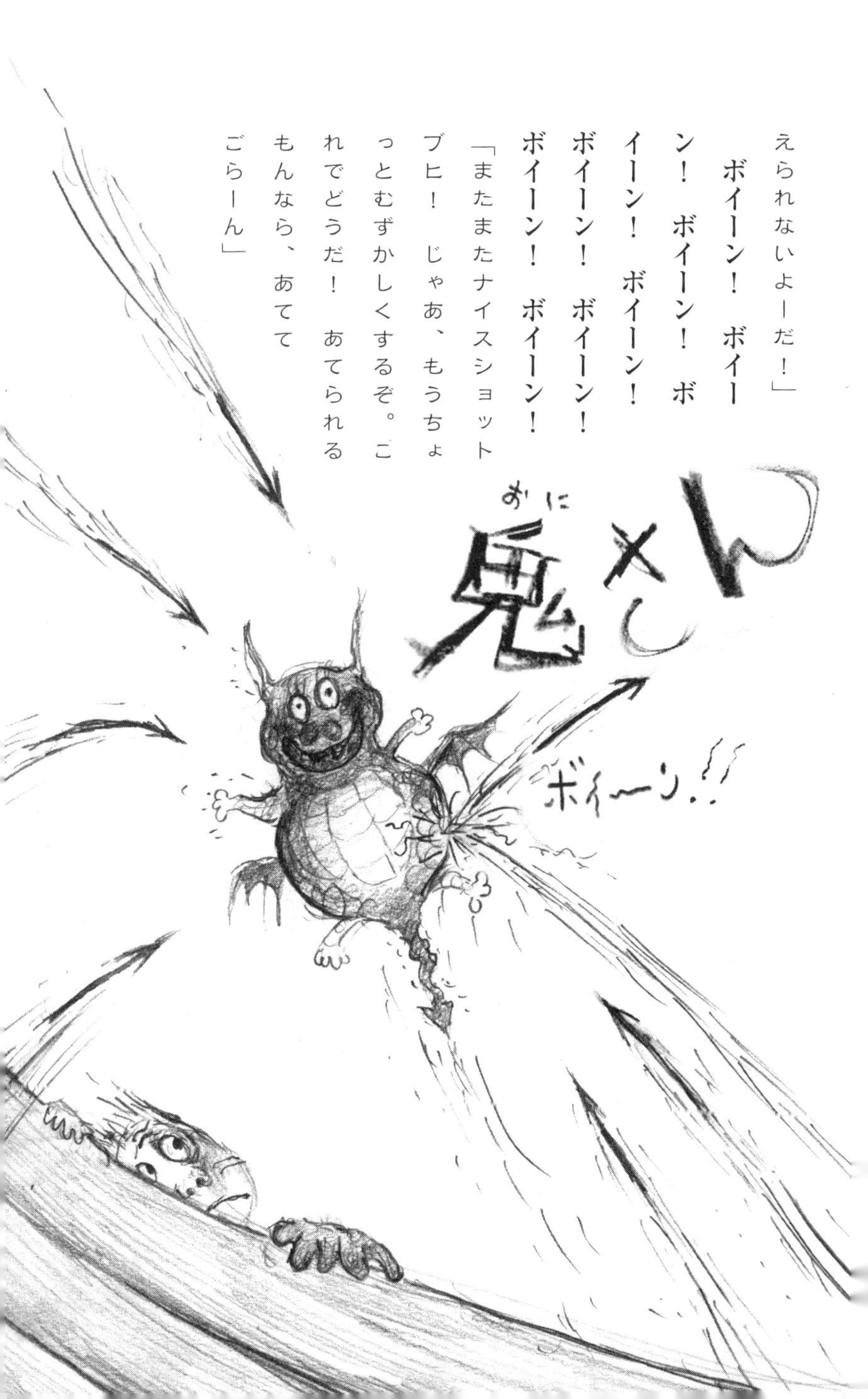

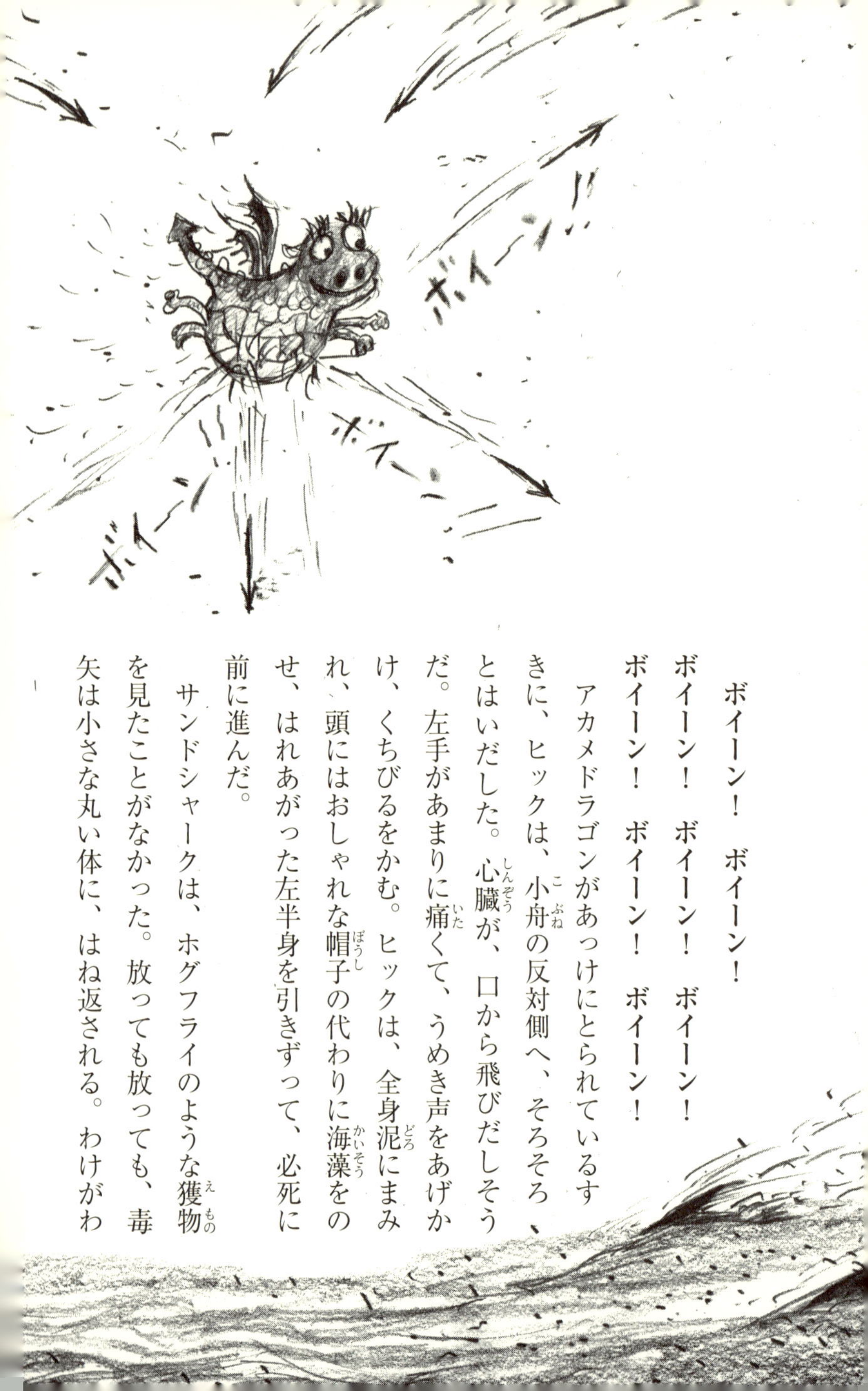

ボイーン！　ボイーン！
ボイーン！　ボイーン！　ボイーン！
ボイーン！　ボイーン！　ボイーン！

アカメドラゴンがあっけにとられているすきに、ヒックは、小舟の反対側へ、そろそろとはいだした。心臓が、口から飛びだしそうだ。左手があまりに痛くて、うめき声をあげかけ、くちびるをかむ。ヒックは、全身泥にまみれ、頭にはおしゃれな帽子の代わりに海藻をのせ、はれあがった左半身を引きずって、必死に前に進んだ。

サンドシャークは、ホグフライのような獲物を見たことがなかった。放っても放っても、毒矢は小さな丸い体に、はね返される。わけがわからない。これだけ矢の雨を降らせたのだ。ふつうだったら、こんなチビのペットドラゴンは、とっくに矢だらけの死体になって転がっているはずだ。それがどうだろう。うまくにげまわるだけではつまらないのか、なれなれしく話しかけてくるではないか。

「うんうん、なかなかのコントロールだね。このゲーム、やったことあるブヒ？　でもさ、おいらがこんなことできるなんて、知らないでしょー？」

ボイーン！　ボイーン！　ボイーン！　ボイーン！

ボイーン！　ボイーン！　ボイーン！

「あれーっ、動きを読まれたブヒ！」

「死ね！　チビデブのブタドラゴンめ、死ね！」サンドシャークが、さらにたくさんの毒矢を放つ。

だが、もちろん、なんの効果もなかった。

サンドシャークは、怒りくるった。

一方、アカメドラゴンは、そのようすをあっけにとられて見ていた。

そのすきに、ヒックは、アカメドラゴンのうしろに回りこみ、しっぽについているロープの先っぽをそっと拾いあげた。そして、ずいぶん前に、お父さんに教えてもらった〈スグデキテ・ゼッタイニホドケナイ・ゴリゴリ結び〉で、ムール貝がびっしりついた巨岩にくくりつけた。

人間の脳は、謎に満ちた小宇宙だ。記憶をなくし、お父さんが生きているかも覚えていないのに、スグデキテ・ゼッタイニホドケナイ・ゴリゴリ結びは覚えているのだから。

ヒックがロープを岩に結びおえたと同時に、アカメドラゴンが、ホグフライ主演のハラハラドキドキショーから、小舟へと視線をもどした。ヒックは、はってにげた。左手に激痛が走り、心臓がバクバクと音をたて、胃がでんぐり返る。アカメドラゴンは、小舟を一目見るなり、歯どろぼうが消えたことに気づき、うしろに回りこんだ。ヒックは、凍りつき、ドラゴンが自分を海藻のついた岩と見まちがってくれることを祈った。

だが、見まちがえるわけがない。アカメドラゴンの目が、ぎらりと光る。ドラゴンは、カギづめをたて、きばをむきだし、力を見せつけるように筋肉をピクピク動かし、背筋の凍るようなほえ声をあげ、ヒックに飛びかかった。ヒックは悲鳴をあげ、あお向けのままあとずさった。

やられる！

と思った瞬間、何かがドラゴンをぐいっと引っぱりもどした。ヒックが岩に結びつけたロープだった。ヒックの鼻先わずか一センチで、ドラゴンの口がガシャンと閉じる。顔にくさい息が吹きかかる。あとほんの少しでもロープが長かったら、ヒックの頭はなくなっていただろう。

「ひぃいいいいい──────！」アカメドラゴンは、ほえ声をあげた。岩にくくられたロープに、思いきりしっぽを引っぱられたからだ。ドラゴンにとって、しっぽを引っぱられるのは、痛いだけでなく、かっこ悪くて恥ずかしい。「ひぃいいいい──────！」

アカメドラゴンは、怒りくるった。のたうち、なんとかロープを引きちぎろうとするが、逆にからまるばかりだ。しっぽの痛みに耐えながら、ロープにかみついたり、あちこちはねあがったりしていると、巨岩が一、二センチ動いた。だが、スグデキテ・ゼッタイニホドケナイ・ゴリゴリ結びは、びくともしない。

まさに、こういうときのために、バイキングの父親は代々、息子にこの結び方を正確に伝授してきたのだ。「息子よ、〈スグニホドケル・ユルユルポロリン結び〉ではなく、このスグデキテ・ゼッタイニホドケナイ・ゴリゴリ結びを使ってよかった、と思うときが、いつか必ずくる」父親は、必ずこういうのだった。

実際、そのとおりではないか。アカメドラゴンを岩に結びつけるとなれば、正しい結び方を使うことが何よりも重要だ。

もちろん、ドラゴンを何かに結びつける状況に出くわさないのが一番だ。その理由を、ヒックは、じきに知ることになる。というのも、アカメドラゴンについて一番かんじんな情報が、ヒックの記憶からぬけ落ちていたからだ。

ふと、アカメドラゴンが、むずかしい決断を迫られているような顔をした。と次の瞬間、コウモリのようなみにくい顔をしかめ、赤く燃える目を寄り目にして、ありったけの力でロープを引っぱった。

ヒックは、右足だけを使ってけんけんしたり、はったりしてにげながら、うしろをふり返った。

うわぁ。ドラゴンが、ああいう顔をするのを見たことがある。しっぽを切るつもりだ。

アカメドラゴンもできるなんて、知らなかったよ。

まさに、アカメドラゴンは、しっぽを切ろうとしていた。

トカゲのようにしっぽを切ることができるドラゴンは何種類かいるが、自分のしっぽに愛着があるのがふつうなので、よほどのことがないかぎりやらない。

ブチッ！

アカメドラゴンの巻き（ま）あがった長いしっぽが、付け根から切れ、地面に落ちた。ドラゴンの顔に、不敵（ふてき）な笑（え）みが浮（う）かぶ。しっぽが切れたということは、ロープが切れたのと同じだ。

つまり、自由。

これで、チビの歯どろぼうを食いころせる。

アカメドラゴンは、筋肉質（きんにくしつ）の体をぬらぬらと光らせ、狂（くる）ったようなおたけびをあげ、黒

ヒョウのように一回とびはねると、頭を低くして攻撃体勢を整えた。

うわぁ、どうしよう。

ヒックは、泣きながらにげた。うしろから、ザクッ、ザクッという足音が近づいてくる。転んでは起きあがり、無我夢中で前に進む。だが、ぬかるんだ海岸を片足だけではねているのだ。たいして速くはにげられない。

どうしよう、どうしよう、どうしよう……。

「ホグフライ、助けて！」

ホグフライは、アカメドラゴンのうしろを飛んでいた。

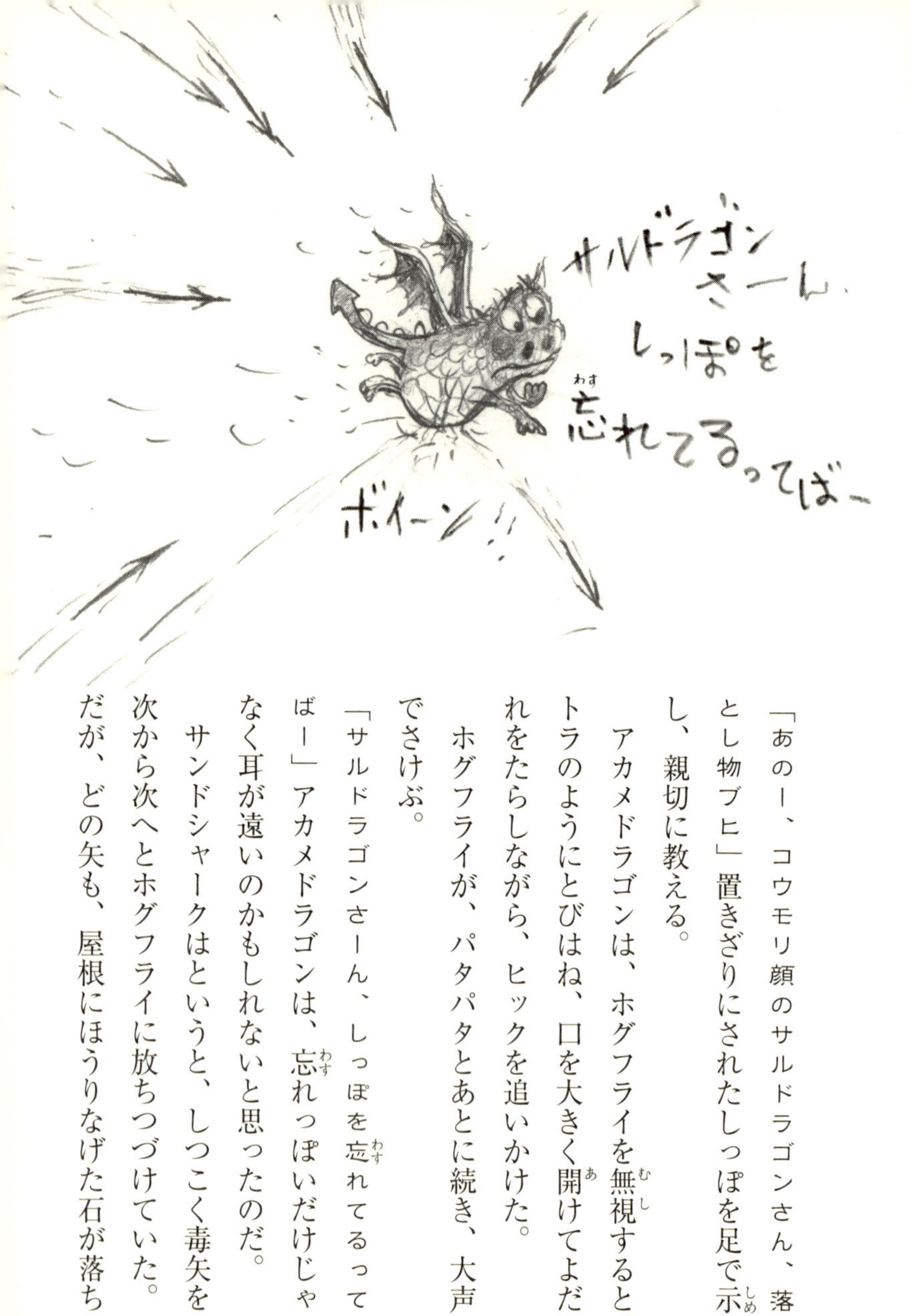

「あのー、コウモリ顔のサルドラゴンさん、落とし物ブヒ」置きざりにされたしっぽを足で示し、親切に教える。

アカメドラゴンは、ホグフライを無視すると、トラのようにとびはね、口を大きく開けてよだれをたらしながら、ヒックを追いかけた。

ホグフライが、パタパタとあとに続き、大声でさけぶ。

「サルドラゴンさーん、しっぽを忘れてるってばー」アカメドラゴンは、忘れっぽいだけじゃなく耳が遠いのかもしれないと思ったのだ。

サンドシャークはというと、しつこく毒矢を次から次へとホグフライに放ちつづけていた。

だが、どの矢も、屋根にほうりなげた石が落ちるように、無敵の丸っこい体にあたっては、むなしくはね返った。

ボイーン！　ボイーン！　ボイーン！　ボイーン！　ブスッ！

「ひぃいいいぃーーーーー！」アカメドラゴンが、急に立ちどまった。怒りとおどろきで、目をかっと見ひらく。ホグフライの体にあたってはね返った矢が一本、アカメドラゴンのうしろ足を突きさしたのだ。

ホグフライはようやく追いつき、ゼーゼーと息をしながら、海岸にぽつりと落ちているしっぽを、四本の足全部を使って示した。

「思いだしたブヒ？　ほら、しっぽは、あそこだよー」

だが、アカメドラゴンは、聞いていなかった。

ボイーン！　ブスッ！　ボイーン！　ブスッ！

続けて二本の毒矢が、ホグフライにあたってはね返り、アカメドラゴンのおしりを突きさした。あろうことか、しっぽ切断事件で、まだひりひりと痛むおしりに、だ。

「ひぃいいいいーーーー！」アカメドラゴンは、とびあがった。信じられない思いで、三本の矢を見る。足とおしりがもう麻痺してきた。

アカメドラゴンの頭から、ヒックのことが消えた。赤い目がぎらりと光る。おぞましい口を開け、よだれのたれるきばをむきだし、ほえ声をあげてふり返ると、サンドシャークに突進した。サンドシャークが、警戒の声をあげて空へ舞いあがり、毒矢で反撃する。だが、十本命中しても、二十本命中しても、アカメドラゴンはしぶとく追いかけ、サンドシャークを次々とつかまえては、容赦なく殺していった。

毒矢が三十本突きささると、さすがのアカメドラゴンも、地上にドサリと落ちた。そして、二、三度身震いすると、そのまま意識を失った。サンドシャークは、キーキーとかん高い鳴き声をあげ、空のかなたへと消えていった。

海岸に残ったのは、気を失ったアカメドラゴンと、こと切れたサンドシャークが七、八頭、それから、とつぜんドラゴンたちがいなくなって目を丸くしているホグフライと、泥だらけのヒック・ホレンダス・ハドック三世だった。

勝ったぞ！ホグフライ、勝ったよ！！

「す、すごい。信じられない。まさか、ぼくたちが、勝ったの？」とヒック。

そのまさかだ。

「勝ったぞ！　ホグフライ、勝ったよ！　勝ったんだよ！」ヒックは、ばんざいをした。

「ほんとブヒ？　おどろき、ブタの木、勝ったのき？　あのドラゴンたち、けっこう強かったブヒ」ホグフライは、ゆっくりとしぼんでいくと、ヒックの肩におり立った。

「ぼくも、びっくりだよ。きみが、鬼ごっこで上手ににげてくれたおかげだね」ヒッ

クは、ホグフライのおなかをくすぐった。自分自身にも感心していた。サンドシャークを一頭残らず、追いはらったのだ。おまけに、アカメドラゴンをやっつけるなんて。ホグフライに助けてもらったとはいえ、ほとんどたったひとりで！このオーディンファングとかいうドラゴンがいったとおり、ぼくは、本当にヒーローなのかもしれない。傷だらけで、武器もないし、仲間もいないけれど、やれるかもしれない。

ところが、その自信は、ホグフライと同じように、あっという間にしぼんだ。サンドシャークが飛びさったほうに目をやると、すでにカモメくらいの大きさにしか見えなくなっていた。が、そのとき、霧がさーっと晴れ、キリサキ島が見えた。ヒックの胃が、船の甲板で宙返りをしたかのようにでんぐり返った。

オーディンファングのいっていたことが、やっとわかった。たしかに、サンドシャークもアカメドラゴンも、ちっぽけな問題だったのだ。

最大の問題は、あそこにある。

キリサキ島には、魔女の指が空をさしているような形をした山がそびえていた。

ドラゴン解放軍の巣窟だ。そこに、信じられないほどたくさんのドラゴンがいる。何百、何千、いや何万……島を埋めつくし、大地が見えないほどだ。

夜が明け、ドラゴンが目を覚ましはじめた。耳ざわりな声をあげ、キリサキ山の空に舞いあがる。イナゴのような大群は、旋回し、ほえ、けんかし、空中停止した。

自分がだれだか思いだせないのにドラゴン語が話せたように、ヒックは、つばさの形や鳴き声、体の輪郭だけで、ドラゴンの種類をやすやすと見わけることができた。あそこにいるドラゴンは、ヤバン諸島でも、とくに恐れられているものばかりだ。

さながら悪夢の一場面。

カジドラゴン、チッソクドラゴン、ドクヤドラゴン、ノウミソドロボウ、長い舌をだらりとたらしたネジレドラゴン、マッチドラゴン、オオサイドラゴン、カミソリドラゴン、ヤツザキドラゴン、グライダードラゴン、サーベルドラゴン、ホッキョクドラゴン、ドリルドラゴン、マボロシドラゴン、そして、ダークブリーダー……。ヤバン諸島中の危険きわまりないドラゴンが勢ぞろいしている。とても現実とは思えなかった。

あれは、まさかガブリンチョ？　アバレンボウも？　それに、トリプルファイター・ド

ラゴンまで。ひょっとして、長い首をもたげ、口から稲妻を吐きだしているのは、イナズマー？

ああ、トール神様！　たったいま、海面に姿を現したのは、もしかして多眼の怪物ナイトメア？あのドラゴンは、外洋の深海にいて、浅瀬には来ないはずなのに。たくさんある目からレーザーを発射することができ、ヒックが知るかぎり、弱点は……ない。おまけに、ナイトメアの巨大

な体のまわりには、サメドラゴンのギザギザの背びれがひしめきあっているではないか。

あたりを見わたすと、キリサキ島のほかにも、いくつかの島影がおぼろげに見えた。どれも、火山

が爆発したかのように炎と煙をもくもくとふきあげ、その上空を、無数のドラゴンが雨雲のようにおおっている。

ああ、トール神様。オーディンファングがいったことは、ひとつ残らず本当だったのだ。ドラゴン解放軍のことも。運命の冬至のことも。

たったいま、ヒックがサンドシャークとアカメドラゴンに勝ったのは、まちがいない事実だ。だが、退散したサンドシャークは、キリサキ山のドラゴン解放軍のもとにもどり、フュリオスにヒックの居場所を伝えるだろう。そうなれば、次は、サンドシャークやアカメドラゴンでは、すまない。

フュリオスは、ネジレドラゴンやブラックキラー、ノウミソドロボウなど、解放軍のなかでもとびきり冷酷なドラゴンたちをさしむけるだろう。そんなやつらに攻撃されたら、ヒックは、ひとたまりもない。なにせ、このちっぽけなヒーローズエンド島には、にげるところも、かくれるところもないのだ。かといって、

ホグフライと気を失ったオーディンファングしかいないのに、立ちむかうのは、自殺行為だ。

オーディンファングは、どうしろといった？

さっき聞いた話を思いだそうとする。一度にあまりにいろんなことが起きたので、頭が破裂しそうだ。

そうだ、ミライ島へ行け、といっていた。アルビンという人の代わりに王になれ、と。そして、フュリオスを説得して、反乱をやめさせなければいけない。それも、たった一日で。失われし宝はおろか、船も、武器さえも

ないのに。
オーディンファングのいうとおりだ。
問題は山積みだ。

z-z-z-z/z-z-z-z-z-

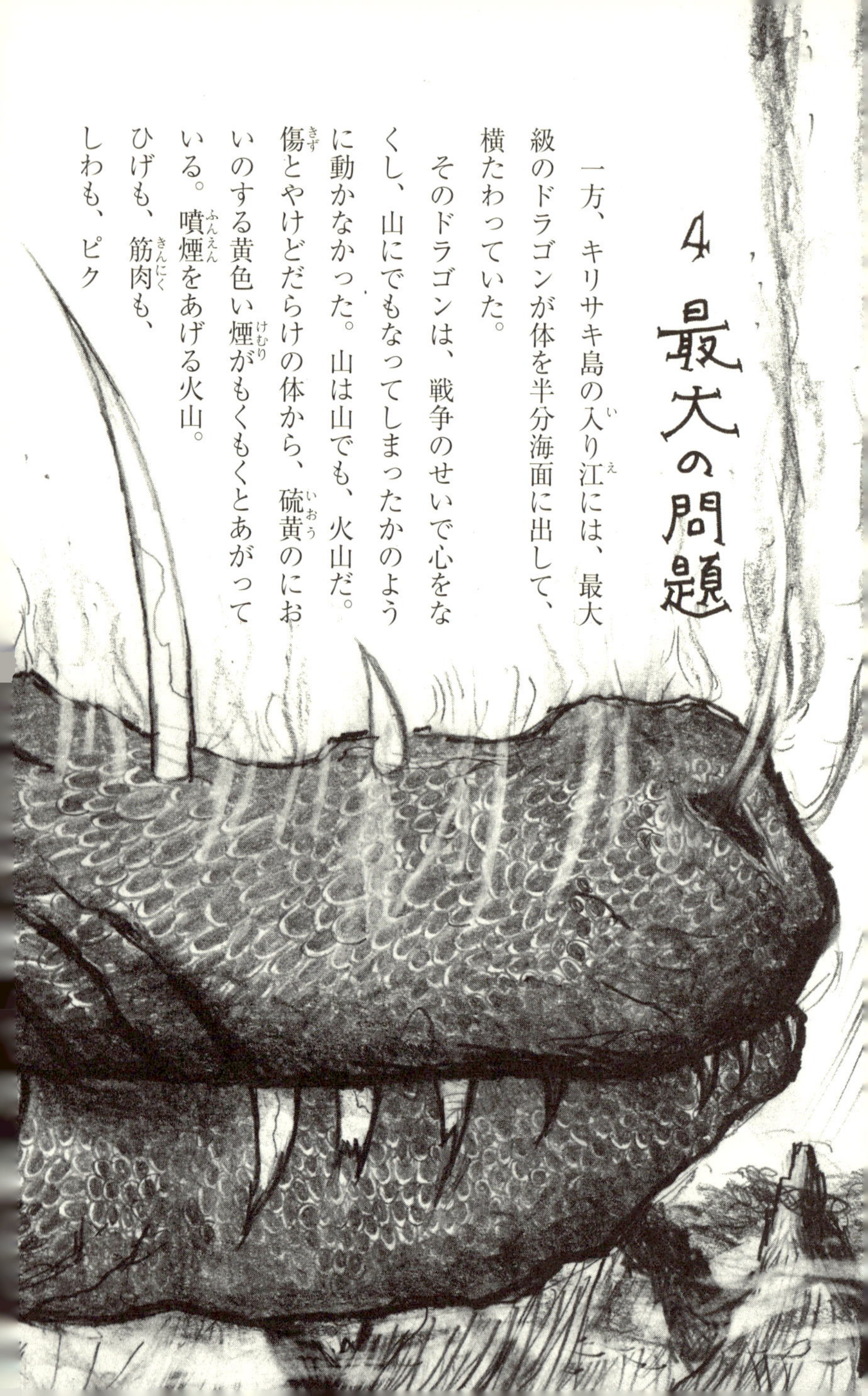

4 最大の問題

一方、キリサキ島の入り江には、最大級のドラゴンが体を半分海面に出して、横たわっていた。

そのドラゴンは、戦争のせいで心をなくし、山にでもなってしまったかのように動かなかった。山は山でも、火山だ。傷とやけどだらけの体から、硫黄のにおいのする黄色い煙がもくもくとあがっている。噴煙をあげる火山。

ひげも、筋肉も、しわも、ピク

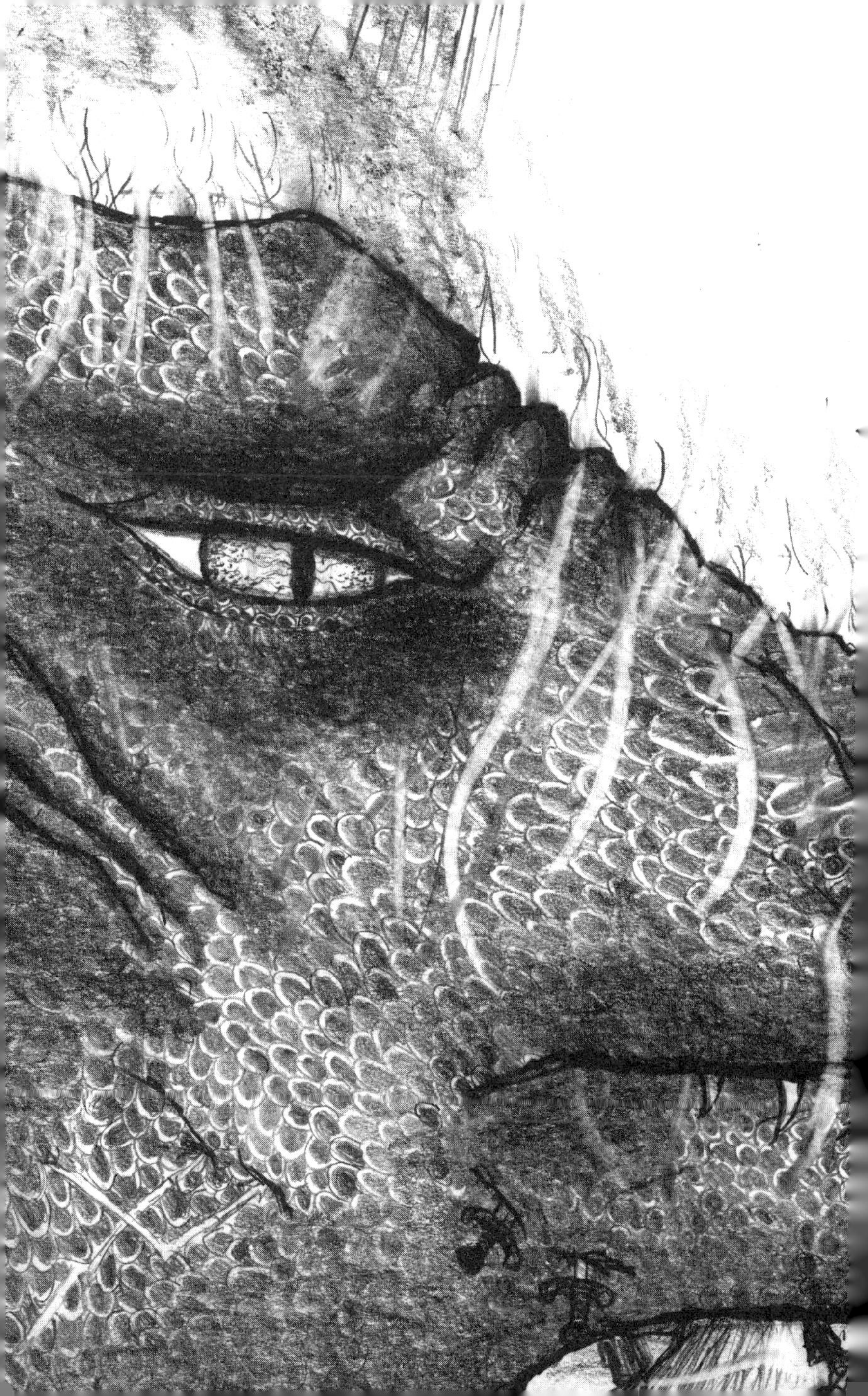

リともせず、呼吸している気配さえも感じられない。ただ、煙が途切れることなく、立ちのぼっている。

　山肌がさけはじめた。ドラゴンが、わずかにまぶたを開けたのだ。目の奥で、怒りが溶岩のようにふつふつと煮えたぎっている。

　戦争が、ドラゴンを変えてしまった。

　このドラゴンこそ、今日、運命の冬至に、西の荒野の新王が一騎打ちする相手、フユリオスだった。戦いにそなえて、じゅうぶんな休息をとったいま、ネズミの巣穴の前で待ちぶせするネコのような目で、キリサキ島とミライ島をつなぐヒーロー海峡を見すえている。

　フユリオスの目は、すべてを見ていた。

　サンドシャークの群れがヒーローズエンド島からにげだすのを目撃したときには、ヒックが生きていると確信した。

　恐れることはない。フユリオスは、自分にいいきかせた。やつが生きていようとも、恐れることはない。

　なにせ、ヒックは、失われし宝を持っていないのだ。ただのひとつも！　それでも、ミライ島の浜辺に足をふみいれるならば……あるいは、ドラゴンの背に乗って、領空をおかすならば……ミライ島の砂浜はブクブクと泡立ち、身の毛もよだつ守り魔がいっせいに飛びだす。そしてヒックは、するどいカギづめにわしづかみにされ、空の高みで宇宙のちりとなりはてるだろう。

何、恐れる必要はない。

万が一、ありえないことが起き、ヒックが守り魔の手をのがれ、宝なしで新王の座についたとしても、フュリオスには、オーディンファングとの約束がある。あの老ドラゴンは、一騎打ちの前に、新王を——それがヒックであろうとなかろうと——裏切ってドラゴンジュエルをうばいとり、フュリオスに手わたす、と誓ったのだ。

新王がヒックだろうが、アルビンだろうが、ほかのだれであろうが、ジュエルがなければ人間に勝ち目はない。

ジュエルを持たない新王など、マッチ棒のようにぽきりと折ってくれよう。

恐れることはない。何も。

だが、フュリオスの巨大な目には、すべてが見える。不安は消えなかった。

そこで、サンドシャークがキリサキ島にもどるのを待たずに、ルナという名のもっとも信頼している部下を呼びつけた。フュリオスよりひとまわり小さい体は、その名のとおり、月のように美しく輝いている。ルナがやってくると、あたりにたれこめるあらし雲が、ぱっと明るく照らされた。熱を帯びた体に、雨つぶがあたり、シュッと湯気をたてる。

「ルナよ、例の少年は、まだ生きておる」フュリオスは、口を閉じたまま静かにいった。シードラゴンは、テレパシーを使って会話ができるからだ。フュリオスは、まゆひとつ動かさなかったが、考えをルナに伝えるときには、かすかに目が光った。「解放軍のなかで、もっとも冷酷なドラゴンをヒーロー海峡へ送りこみ、少年をさがしだすのだ。だが、ルナよ、おまえは、行ってはならぬ」

「フュリオス王、わたくしを信用していらっしゃらないのですか？」ルナは、傷ついたようすでいった。

「おまえの忠誠心を疑うものか。だが、心を動かされずにいるのは、想像以上にむずかしい。相手が、けがれのない子どもとくれば、なおさらだ。あの少年には、特別な何かがある」

フュリオスの言葉は、ルナの頭にさざ波のようにおし寄せた。

「ヒックを裏切りたくないばかりに、多くのドラゴンが我々の側につくことをこばんだ。たとえば、ワンアイだ。ナノドラゴンらも、ヒックに王の命を救われたなどとぬかし、解放軍には入らぬと、なまいきなことをいいおった。

ルナよ、これが、最後のチャンスだ。人類が築きあげてきた文明は、急速に発展しつつある。あと二、三百年もすれば、我々を一瞬で絶滅させる武器をつくりだし、この世を思いのままにするだろう。人間は、ほかの生き物と世界を分かちあう気などさらさらない。いまのうちに、根絶やしにし、我々ドラゴンは自由を手に入れるべきなのだ」

「自由……」ルナは、夢心地にため息をもらした。「自由……はてしない空を好きなだけ飛べたなら。風に乗って高く、高く、高く舞いあがり、月にふれられたなら。外洋の海を音も光も届かない深さまでもぐっていけたなら……ああ、自由……」

「ルナ、選りすぐりのドラゴンをさしむけよ。だが、おまえは残るのだ」

ルナは、光りかがやく頭をたれた。血も涙もないドラゴンたちを送りこみ、ヒックがミライ島にたどり着く前に始末しなければ。念には念を入れて、ガブリンチョやネジレドラゴン、ブラックキラーを向かわせよう。

フュリオスは、ゆっくりと波間に体を沈め、目だけを海面から出すと、ヒーロー海峡に目をこらし、もう一度未来を見とおした。やられる前にやらなくてはならない。

警戒して待つ。

今日は運命の冬至だ。

審判の行方は、あと数時間で決まる。


ミライ島の高い崖の上にそびえ立つ、ゴーストリー城の廃墟では、よれよれになった人間たちが目を覚ましはじめていた。故郷を焼かれ、ヤバン諸島のあちこちからのがれてきたバイキングたちだ。

　南から東にかけては、見るも無残な景色が広がっていた。どの島も黒く焼けこげ、村は跡形もなく、山肌は深くえぐりとられ、むせかえるような煙がミライ島までただよってくる。

廃墟に集まっていたのは、ケダモノ族、ヒステリー族、キリサキ族、ヤジュウ族、ゴクアク族、ギューギュー族、ブサイク族、それに流れ者たちから成るアルビン軍だ。

　そこには、アルビン軍を追ってやってきたドラゴンマーク軍もいた。モジャモジャ族、トンマ族、ドロドロ族、チンモク族、ノンキ族、シズカ族……額にドラゴンマークをつけているのが目印だ。

　それから、サマヨイ人、ソコナシ族、元奴隷、名もない凍った島の人々、ナンモナイ族など、どちら側にもついていない人たちがいた。恋人同士のホットショットとタンタルムや、いまではふたりの同志であるタンタルムの元フィアンセ十人も、中立な立場だった。

　ヤバン諸島一けんかっ早いバルバル族でさえ、ドラゴン解放軍に故郷をやられ、ここに

のがれてきていた。バルバル族は、よく訓練されたネコを戦に従えることで知られる。ネコは、剣で戦っている最中に、主人の肩から敵に飛びかかったりする。敵はネコをふりはらうのにせいいっぱいで攻撃できなくなるため、これは、とても効果的な戦術だった。

　バルバル族のカシラの娘のバーバラは、まだ十代だが、背がすでに百八十センチあり、素手ボクシングのチャンピオンだ。黒ネコのムテッポウとともに、バルバル島の沿岸でドラゴン解放軍の侵攻をなんとかくい止めていたが、戦いは、一か月、三か月、半年、一年と長引いた。そして、とうとう二週間前に、お父さんやお母さんといっしょに島を脱出。西へと進む船の列に合流し、アルビン軍の旗のもとで戦うことに決めたのだった。

　ヒックのお父さんのストイックとお母さんのバルハラマは、ろくに眠れないまま朝をむかえた。その前日、息子のヒックが胸に矢を受け、海に落ちた、と知らされたからだ。ふたりは、れっきとしたバイキングのヒーロー。感傷的になるのは、性に合わない。だが、昨晩、

ストイックは、バルハラライマに腕を回してなぐさめながら、かたい地面に横になった。あいだには、ヒックの形見のかぶとを置き、それを息子だと思いながら。

ふたりはまだ知らないのだ。胸に矢を受けたのは、ヒックの服を身につけ、ヒックのドラゴンに乗った、いとこのスノットだった、ということを。

「バルハラライマ、これはすべて、わしのせいなのか？」ストイックは、破壊されつくした島々を疲れたように見まわし、うなだれた。

海の向こうのどこかに、故郷のバーク島がある。船はすべて灰になり、あの世界は永遠に失われてしまった。

「それもこれも、できそこないの赤ん坊は海に流すという掟を破り、ヒックを育ててしまったせいか？　そのせいで、呪われちまったのか？　しきたりに従わず、息子を愛した罰がこれか？　ヒックは……わしらの大切なヒックは、生まれてすぐに

死んだほうがよかったのか？」

ストイックがそういったのは、ヒックが、フュリオスを自由にしてしまった張本人だからだ。そして、そのことが、この戦争の引き金になったのだった。

バルハラマは、ごつい手をストイックの肩に置くと、やさしくいった。

「わたしたちは戦士ですから、戦争がどういうものか、わかっているはずです。ときには、愛する者が、究極の犠牲をはらう、つまり命を落とすこともある、と。だからこそ、戦争は、軽々しく始めるべきではないのです。とはいえ、人間の奴隷制度もドラゴンの奴隷制度も、これ以上見すごせません」バルハラマのきりりとした表情は、悲しみを見せまいとしているようだ。「ヒックがフュリオスを自由にしたこと、さかのぼって、あなたが掟を破ったことは、まちがいなどではありません。世のなかには、あきらかにすべき疑問や、戦わねばならない戦、正すべき問題があるのです。たとえ、その結果、大切な人たちが犠牲になったとしても。悲劇的な結末が待っていると知っていても、正しいと思うことをやらなければなりません。愛があれば、まちがったことをするわけがありません」

「よくいってくれた」ストイックは、少しなぐさめられ、ちょっとばかり背筋をのばすと、カシラの威厳を取りもどした。「わしは、正しいことをしたのだな？　ヒックは死んでしまったし、わしらの悲しみはどうすることもできない。しかし、ヒックがりっぱなヒーローだったのは、まちがいない。そうだろう？」

「ええ」

「いまでも、あのいまいましいダークハート監獄で、ヒックがアルビンに向かってさけんだ姿がはっきりと目に浮かぶ。あいつは、こういったんだ。『人間とドラゴンが鎖につながれて死んでいく世界の、どこが完璧だっていうの？』と。そして、おまえのドラゴン、シルバーファントムを指さしていった。『こんなに美しい生き物を永遠に葬りさるつもり？　ぼくたち子どもから、夢や魔法や、空を飛ぶ楽しみをうばわないで！』ってな」

ストイックは、あのときの息子と同じように、堂々とこぶしを空にふりあげた。それから、あらためてヒックのりっぱさに気づき、首を横にふった。

「りっぱな子だった！　わしの自慢の息子だ。あいつと同じドラゴンマークを額につけて死ぬのならば、本望だ。短いあいだだったが、ヒックの父親であったことを誇りに思う」

盛りを過ぎたふたりのヒーローは、たがいの肩を抱きしめた。太ったうえに、無理がたたったのか、ひざがギシギシときしんだ。額についたドラゴンマークとドラゴンマークをくっつける。まるで、荒れくるうあらしのなかで支えあう古木のようだ。

　これから起きるであろう悲劇を見ないですんで、ヒックはむしろ幸せだった――このときふたりは、そんなことを考えていたのかもしれない。

　バイキングは、運命を神々にゆだねる覚悟を決めていた。だが、こうしてゴーストリー城の廃墟で、最終決戦にそなえていると、神々がどうしたいのか、ますますわか

らなくなる。

ドロドロ族のカシラのバーサは、故郷での幸せな日々を思いだし、沈んだ表情で斧をみがいていた。そうそう、腰まである泥沼を、相棒のハカイドラゴンとよくわたったたっけ……。

バルバル族のバーバラは、ムテッポウのそり返った背中を悲しげになでていた。そばでは、六人のボディーガードが矢を点検している。ちょっと前までは、みんなでスノードラゴンに乗ってバルバル島の雪野原を飛びまわっていたのに。風がひげをくすぐり、ネコが肩でミャーミャーと鳴いていたっけね。生まれそだったあの村も、いまは、もうない……。

アルビン軍の兵士たちでさえ、浮かない顔をしていた。キリサキ・マッドは、体の色を自由に変えられるカメレオンドラゴンのたくましい背中をなでながら、こいつのいない世界なんて考えたくもねぇ、と思っていた。

そうなのだ、アルビン軍の兵士たちは、アルビンが大嫌いだった。だが、味方につ

額についたドラゴンマークとドラゴンマークをくっつける。

くしかなかったのだ。というのも、ドラゴンが、海のなかからも、氷の下からも姿を現し、イナゴの大群のように空を埋めつくしているいま、アルビンは、人間が生きのこるただひとつのチャンスだったからだ。なんといっても失われし宝を持ち、新王になる資格があるのは、アルビンただひとりなのだ。

アルビンは、ゴーストリー城の廃墟に立っていた。鼻も、心も、なさけもない、軍艦のような男。口が鉄の仮面でふさがれているため、息をするたびにぶきみな呼吸音がする。勝利を確信してほくそ笑み、血に飢えたフックをみがいている。

「何をもたもたしているんです！」アルビンは、王座を運んでいる部下たちをしかりとばした。王座は、ゴーストリーが新王だったころにあった場所に、ふたたび置かれていた。ふたつの頑丈な石づくりの台座が残っていたため、どこにすえつけるべきかは、すぐにわかった。

戴冠式の準備は、着々と進んでいた。

十の失われし宝は、すべてある。ゴーストリーの二番目の剣、ローマ軍の盾、夢の大陸の矢、ハートの宝石、どんな錠も開けてしまう鍵、チクタクと音の鳴る装置、王座、王冠、

ドラゴンジュエル、そして……王座のうしろのせまい檻に入れられているのは、きばのないドラゴン、トゥースレス。ヒックの大切な、ヤバン諸島一いたずらっ子のチビドラゴンだ。

トゥースレスもまた、ヒックは死んでしまったと思っていた。あまりの悲しさに、体のトゲがだらりとたれている。泣きすぎて、もうじゅうぶんぐったりしているのに、幼いオオカミのように空に向かってほえていた。

「だれか、このドラゴンをだまら

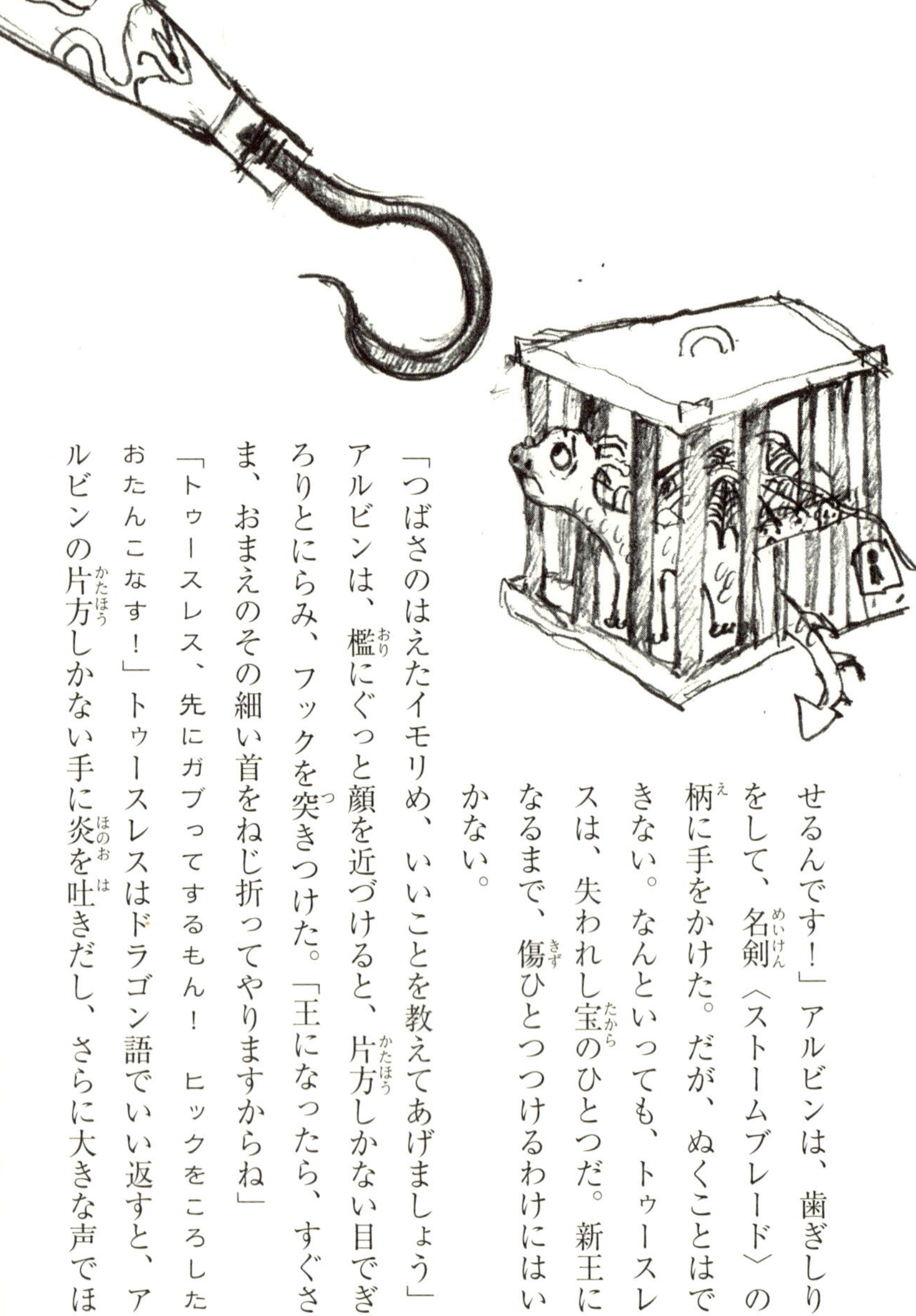

せるんです！」アルビンは、歯ぎしりをして、名剣〈ストームブレード〉の柄に手をかけた。だが、ぬくことはできない。なんといっても、トゥースレスは、失われし宝のひとつだ。新王になるまで、傷ひとつつけるわけにはいかない。

「つばさのはえたイモリめ、いいことを教えてあげましょう」

アルビンは、檻にぐっと顔を近づけると、片方しかない目でぎろりとにらみ、フックを突きつけた。「王になったら、すぐさま、おまえのその細い首をねじ折ってやりますからね」

「トゥースレス、先にガブってするもん！　ヒックをころした、おたんこなす！」トゥースレスはドラゴン語でいい返すと、アルビンの片方しかない手に炎を吐きだし、さらに大きな声でほえた。

「ギャーーーッ、熱い！　このいまいましいチビドラゴンめ。ああ、いますぐ、殺したい」

「できっこないねー。トゥースレス、たからのひとつ。しかも、一番だもん」強がってそうはいってみたが、小さな体はがたがたと震えた。

　ストイックが、人さし指を檻に入れ、トゥースレスの背中をそっとなで、ぎこちなくなぐさめた。

「ジュースレス、心配はいらん。おまえさんの主人は死んじまったが、わしらが面倒を見てやるぞ」

　だが、アルビンが新王になったら、人間がドラゴンの面倒を見ることなど許されるのだろう

か？

人間側についているドラゴンは、トゥースレスだけではない。シルバーファントムやほかのドラゴンだっている。最終決戦ともなれば、いまゴーストリー城の上空を飛びまわっているドラゴンたちは、命を投げうってでも主人を守るつもりだ。このドラゴンたちは、人間に忠誠をつくしたあげく、絶滅に追いやられるのだろうか？

アルビンの母親で魔女のエクセリノールが、やせこけた白い犬のように手足をつき、ぬかるんだ地面に長い白髪を引きずりながら近づいてきた。

「かわいいアルビンや、もう少しの辛抱だよ。あとちょっと待てば、そのドブネズミみたいなドラゴンを処刑できるさ。そいつだけじゃない。気にくわないやつ

アルビンは、何をたくらんで

は、どんどん消しちまえばいい」エクセリノールは、意味ありげにドラゴンマーク軍をちらりと見た。

アルビンは、トゥースレスにやられた手をなんどかふると、気を取りなおした。

「新王になり、ドラゴンジュエルを使ってフュリオスを倒したら、すぐにでも処刑を始めましょう」

それから、フックをみがく手を止め、王になって最初の三十分で殺すドラゴンや人間の顔を次々と思いうかべ、にやにやした。ちなみに、母親のエクセリノールは、そのリストの上位にいたが、もちろん本人は知るはずもない。

王の座につくまで、あと一時間。

一時間後には、ドラゴンジュエルの秘密を知ることができる。考えてみれば、トゥースレスの首をねじ折る必要はない。ジュエルを使って、ドラゴンを皆殺しにするのだから。

チクタク、チクタク、チクタク、チクタク。

アルビンの腰のベルトにぶら下がっている装置が、音をたてる。アルビン王誕生までのカウントダウンだ。

生きのこるのは、人間か、それともドラゴンか。

どちらの側も、覚悟はできている。今日が終わるころには、運の悪い者たちが大勢、戦場で死体となっているだろう。バイキングたちはみな、昨日のヒックを思いだしていた。明日をむかえられない人間とドラゴンが、数えきれないほどいるはずだ。

警戒して待つ。

今日は運命の冬至だ。

審判の行方は、あと数時間で決まる。

世のなかには
あきらかにすべき
疑問(ぎもん)や
戦わねばならない戦(いくさ)、
正すべき問題が
あるのです。

5 ミライ島へ

「ホグフライ、オーディンファングのいってた島に、いますぐ行かなくちゃ。ムカシ島だかミライ島だか、そんな名前だったよね」ヒックは、小刻みに震える指で、オーディンファングをつつき、意識を取りもどしていないかたしかめた。「ねえ、起きて！　お願いだから、起きて！」

だが、オーディンファングは、耳のうしろをかかれても、つばさの下をくすぐられても、年老いた小さなドラゴンとは思えないほど、大きないびきをかきつづけた。

「だめだ、起きない。ホグフライ、ぼくたちだけで、なんとかするしかない。だいじょうぶだよね？　できるよね？　あんまり時間がないけれど」ヒックは、オーディンファングをを急いでリュックにもどした。

左半身の感覚が、わずかにもどっている。頭も、霧が晴れるように、少しずつはっきりしてきた。

よし。

ヒックは、気を失っているアカメドラゴンに、つんのめるようにかけよった。オーディンファングに負けないくらい大きないびきをかいている。いまからやることは、きっと、とびあがるほど痛いだろう。でも、やらなくちゃいけない。

ヒックは、ドラゴンの大きく開いた口に、左手を近づけるだけ近づけると、見るのがいやで目をそむけた。

「痛い！」

左手に埋めこまれていた二本の歯が、スポッとぬけ、磁石に吸いよせられる釘のように、アカメドラゴンの口のなかにおさまった。これで、ドラゴンがいつ目を覚ましても、もう追跡はされない。

「気持ち悪いブヒ」ホグフライは顔をしかめた。

ヒックはシャツを破り、血が流れでる手にぐるぐると巻いた。そして、サンドシャークの毒矢を数本拾いあげるとポケットにつっこみ、海岸をよたよたと走った。走りながら、ホグフライを安心させることも忘れなかった。

「心配ないよ。サンドシャークだって倒せたんだ。ぼくたちなら、きっとやれる」

ホグフライは、さかさまに飛ぶ練習をしている最中で、心配などしていなかった。

「ミライ島とかいう島に、たどり着きさえすればいいんだ。さすがのドラゴン解放軍も、そこまでは追ってこないよ」

だが、ミライ島は、どこにあるのだろう？　キリサキ山の南方にある、あの大きな島のような気がする。あそこだけ、ドラゴンがいないからだ。

「ホグフライ、あれがミライ島かな？」ヒックは、指をさしてきいた。

「わーい、今度は、あてっこゲームブヒ？」ホグフライは、さかさま飛行をやめると、島影を見つめ、しかめっつらで考えこんだ。「うーん、むずかしいブヒ。パンケーキ？　ティーカップ？　それとも、ばあちゃんの帽子？　うーん、こうさーん！」

「まったくもう」

ヒックは、奥のしげみに向かって坂を登っていった。高いところから見おろすと、西にははてしない海、北には、はてなマークの上の部分のような形をした、ここよりたいらで大きな島がある。ふり返って南を向くと、いまいる島の全体が見わたせた。

息をのむ光景だった。

島中に、船の残骸が散らばっている。一隻や二隻ではない。三十、いや四十隻以上の船のなれのはてが、島のあちこちに転がり、海風にさらされていた。運の悪い船が、〈オーディン神の冬あらし〉におし流され、ヒーロー海峡をぬけたはいいが、冷たい大西海にたどり着けずに、この小さなヒーローローズエンド島に無残な姿で打ちあげられたのだ。

「もしかしたら、まだ使える船があるかもしれない。それほど壊れていないのがさ！」ヒックの胸が期待でふくらんだ。強い風に吹きとばされそうになったり、どろどろの地面に足をとられたりしながら、しげみをかき分け、難破船にかけよる。

「ホグフライ、浮かびそうな船をさがして！」ヒックは、ゴーゴーと吹きすさぶ風に負けない声でさけんだ。

ほとんどの船は、帆がぼろぼろで、難破して何百年もたっているように見える。最近打ちあげられたであろう船も何隻かあったが、船体に大きな穴があいていたり、真っ二つに折れていたりして、とてもじゃないが、ミライ島にたどり着けそうにない。

「おっ、あれは？」ホグフライが、両方の前足で船のひとつを示した。

「だめだよ。穴があいてないやつじゃなきゃ」

「じゃ、あれは？」

「だから、穴があいてちゃ、だめなんだってば」

と、少しはなれたところに、手こぎ舟がひっくり返っているのに気づいた。急いでかけよると、何やら大きな海の生き物にかまれた跡があるだけで、ほとんど無傷だ。ヒックの胸は高鳴った。

歯型からすると、カイジュウドラゴンに襲われたのだろう。あるいは、子どものナイトメアかもしれない。ヒックは、とっさにそう思った自分自身にびっくりした。

すごいや。ぼくって、本当にドラゴンにくわしいんだな。こんなときでも、ドラゴンのことになると、すらすらと思いだせるなんて。

小舟は、ひとりでひっくり返せるほど小さかった。息を切らしながら、舳先にくってあるほつれかけたロープを海に向かって引っぱる。なんどか、泥にはまり、そのままぬけだせないんじゃないか、とひやりとした。しばらくして波打際まで来ると、ヒックはようやく小舟を海におしだした。少し傾いているが、ちゃんと浮かぶ。

いまのところ、うまくいっている。風さえも向きを変え、ミライ島に向かって勢いよく吹きはじめた。ヒックは確信した。この風は、あっという間に、ぼくを白波の先に見えるあの島へ連れていってくれる――この小舟が沈みさえしなければ。

小舟が、ヒーローーズエンド島の海岸をはなれた。ヒックは、ドラゴンにかみちぎられたへりから流れこむ海水を、ときどきくみだしながら、なかにあったオールで必死にこいだ。海水が目にしみ、体中の骨がずきずきと痛み、あまりに寒くて、はれあがった左肩から足の先まで、ほとんど何も感じない。

これは、心と体、精神と魂を試される、自分との闘いでもあった。ヒックは、疲れ、

寒く、混乱していた。何もかもほうりだして横になり、沈むにまかせて、苦しみのない海の底の静かな世界に行きたかった。だが、心のなかの何かが、ヒックに海水をくみださせ、麻痺してはれた腕で小舟をこがせた。

ミライ島へ行かなくちゃ……何がなんでも。

なぜ行かなくてはならないのか、理由はわからない。それでも、ヒックは、残り少ない力をふりしぼって、海水をかきだし、オールを動かしつづけた。

目的地まであと半分。ひょっとしたら、たどり着けるかもしれない。うまくいくかもしれない。

と、そのとき、霧が薄らいだ。

ヒックの目が、キリサキ山から猛スピードで向かってくるドラゴンの群れをとらえた。

だが、その恐ろしい光景は、すぐまた霧にかき消された。

ほんの一瞬だったが、知りたくなくても、わかってしまった。毒ガスを吐くブラックキラー、分厚い舌で手足をもぎとるネジレドラゴン、歯が飛びだすガブリンチョ……。サンドシャークにヒックの居場所を聞いたフュリオスが、さらに恐ろしいドラゴンを差しむけたのだ。

ヒックは、ドラゴンが、それぞれどのくらいのスピードを出せるかわかった。計算によれば、目的地にたどり着く前に追いつかれるのは、まちがいない。ミライ島は、手に届きそうなほど近くに見えるというのに。あのドラゴンたちに、たったひとりで、武器もないのに、どうやって立ちむかえというのだ？

ヒックは、一頭だけ、ものすごく近くにドラゴンがいることに気づいた。霧のなかから、ふいにとまどったようなほえ声が聞こえ、急降下する気配がしたのだ。

まずい、つかまる！　とっさに舟底に身をふせる。

い、いまのは、何？

その何かは、ふたたび空へと舞いあがりながら、ゆっくりと姿を現した。息をのむほど美しい緑色だ。気配しかしなかったのは、体の色を空と同じ色に変えていたからだった。ダークシャドウ。それも、三つ首だ。いままでは、三つの頭が、くっきりと浮かびあがっていた。ダークシャドウといえば、めったに見かけない、とんでもなく危険なドラゴンだ。炎はもちろん、数万ボルトの稲妻も吐く。ヤバン諸島のなかでも、一、二を争う攻撃的でレアなドラゴン。

ヒックは、起きあがると、なんの役にも立ちそうにない壊れかけのオールをぶるんぶるんふりまわし、次の攻撃にそなえた。だが、どこを見ても、霧、霧、霧。

「ブヒーーーーー！」ホグフライが鼻を鳴らす。

ダークシャドウが、ふたたび向かってきた。ヒックは、オールをふりおろしたが、あたりそこねて、ひっくり返った。だが、その寸前に、ダークシャドウの背中に、ぼろぼろの姿をした子どもがふたり乗っているのが見えた。小さいほうは金髪で、剣をふりかざし、声を張りあげていた。ダークシャドウの三つ首は、何やらいいあらそっていた。それから、ドラゴンが二ひき、くっついて飛んでいた。一ぴきは、真っ黒いウィンドドラゴン。もう一ぴきは、なんの種類かわからなかったが黄色い狩り用ドラゴンだった。

ヒックは、オーディンファングの言葉を思いだした。

《だれも信用してはならん》

きっと、あのふたりは、オーディンファングがいってた、ぼくをねらってる人たちだ。人相が悪かったもの。

ダークシャドウが、また近づいてくる気配。

ヒックは身がまえた。

さっきと同じほえ声がする。巨大なカギづめが、輪郭だけうっすらと見えた。ヒックは、思いきりとびあがり、オールで力いっぱいそのカギづめをぶったたいた。今度はまともにあたり、オールが半分に折れかけた。

次にヒックは、ポケットからサンドシャークの毒矢を二本取りだし、麻痺していない右手で力いっぱい投げつけた。一本がダークシャドウの脇腹に、もう一本が、そばにいた黄色いドラゴンに命中する。

ダークシャドウは、ふたたび姿を消し、勢いよく空へと舞いあがった。小舟が、ぐらぐらとゆれ、ひっくり返りそうになる。ヒックは、流れこんできた海水を、両手で必死にくみだした。

ヒックは、なんということをしてしまったのだろう。

というのも、この三つ首のダークシャドウは、アロガンスとペーシェンスとイノセンスだったからだ。まんなかが「忍耐」を意味するペーシェンスで、いつも右と左の仲を取りもっている。背中に乗っていたふたりの子どもは、もちろん、フィッシュとカミカジだった。そして、黄色い狩り用ドラゴンは、カミカジのムードドラゴンのストームフライ。真っ黒いウィンドドラゴンは、ヒックのフライングドラゴン、ウィンドウォーカーにほかならない。

つまり、ヒックにとって、だれよりも大切な仲間たちだ。オーディンファングとトゥースレスをふくめて〈十の仲間〉という名前までつけていた。

だが、もちろん、記憶をなくしたヒックには、わかるはずもなかった。

ヒック　どこにいるんだよー！

6 とんだ仕打ち

話は、少し前にもどる。カミカジとフィッシュは、ダークシャドウに乗って、一晩中霧に目をこらし、ヒックをさがしていた。

人相が悪く見えたのは、一睡もしていなかったからだ。夜どおし、鼻の先も見えないような濃い霧のなかを飛びまわり、サンドシャーク探索団の気配を感じるたびに息をひそめ、ひたすら親友をさがしていたのだ。ミライ島の海岸を遠巻きに一周し、北はヤッボウ島から、南はラヴァラウト島まで、のどがかれるまでヒックの名を呼びつづけた。

「ヒック、どこにいるんだよー！」

長い長い夜だった。

だいたい、フィッシュは、吟遊詩人になりたいような子だから、こういう全面戦争的な状況は得意ではない。ときおり、ダークシャドウの背中で、ぼーっとしては、故郷バーク島で幸せにくらしていたことを思いだした。草に寝転んで、のんびりと詩や芸術につい

てヒックと語りあった日々……。

だが、はっと我に返ると、現実は霧のなかだ。バーク島の草木は灰となって散り、ヒックは死んだ。フィッシュの頬を涙がつたい落ちる。たったひとつのなぐさめは、ダークシャドウの背中に乗っていることだった。そばにいてくれるだけで、なんとなく安心する。自分を一生守ると誓ってくれたドラゴンだからだ。

「カミカジ、あきらめるしかないよ」フィッシュが悲しそうにいったときは、もう朝の五時を回っていた。「海でヒックのかぶとが見つかったんだ。たくさんの人が、海に落ちていくヒックを見た。生きているはずがないよ」

フィッシュとちがって、カミカジは、全面戦争的な状況が大好きなタイプの子だった。接戦であればあるほど燃え、どうしようもないほど楽天的だ。そんなカミカジでさえ、ヒ

はっと我に返る

ックが生きているとは思えなくなっていたが、認めるくらいなら、死んだほうがマシだとも感じていた。

「それにさ」フィッシュは、さらに悲しそうな声で続けた。「たとえ生きていたとしても、ミライ島には守り魔がいるんだ。上陸できっこないよ。十の宝はみんなアルビンにうばわれちゃったから、新王にもなれないし」

「まったく、いままでヒックから何を学んできたんだ？　不可能なんてのはない。困難なことはあってもさ」カミカジは、よごれた鼻をそででふいた。「それに、あいつは死んでなんかない。あたいたちのヒーローだぞ。死ぬわけないじゃん。

あたいは、ヒックを信じてるかんな。ヒックだって、あたいたちを信じてる。ほら、あたいを魔女から助けようとして、逆にヒックがつかまっちゃったことがあったろ？　あのとき、あいつは、こういったんだ。『たとえ手おくれだとしても、ぼくは、あきらめない。すべてを失っても……不可能といわれても……最後まで絶対に絶対に絶対にあき

らめない』ってな」

カミカジは、そういうと、ちょっと前にストイックがやったように、ヒックのマネをして、こぶしをふりあげた。それから、おだやかなフライングドラゴンにまたきいた。

「ウィンドウォーカー、ほんとにヒックのにおいはしない？　ほんのちょっぴりでもいいからさ」

ウィンドウォーカーは、疲れはてていて、飛びながらなんどもうとうとしていた。そのたびに、十メートルほど落下し、カミカジがどなりつけると、あわててつばさをはばたかせた。

そういうわけで、カミカジに二十回目にきかれたときも、うとうとしていたのだが、まぶたをこじ開け、頭をぶるっとふった。そのひょうしに、涙がぽろりと落ちた。

こんな調子だったので、ダークシャドウの六つの目が波間に何かを発見したとき、フィッシユやカミカジやウィンドウォーカーの胸がどんなに高なったか、想像できるだろう。

最初は、イセエビをとるワナかごかと思った。だが、ちがった。手こぎ舟だ！

「ヒック！　ヒックだ！　生きてる！」カミカジがさけぶ。

ダークシャドウは、うれしさのあまり鼻をフガフガと鳴らした。

フィッシュは、信じられなかった。

「まさか。カミカジ、ウソでしょ？」

「ほんとのほんとだ！」

ダークシャドウとストームフライは、歓喜のほえ声をあげ、ウィンドウォーカーは、くるくると宙返りをした。

だが、喜んだのもつかの間、キリサキ山のほうから、身の毛もよだつドラゴンの群れが、ものすごい速さでヒックの小舟に向かっているのに気づいた。

「ネジレドラゴンだ！　それに、ガブリンチョ……ノウミソドロボウ……カミソリドラゴンまでいる。最強のドラゴンばっかりだよ」フィッシュがわななく。

「小舟に乗ってるやつをやっつけるために、フュリオスが送りこんだんだ！」カミカジがさけんだ。「ってことは、あれがヒックなのは、まちがいない。フィッシュ、心配すんなって。こっちのほうが近いんだ、やつらより先にヒックをかっさらっちゃおう。よーし、ドラゴンマーク軍の十の仲間、これより、救出大作戦開始！」

ダークシャドウには特技がたくさんあるが、そのひとつは、体の色を変えて背景に溶けこみ、姿を消せることだ。ヒックを小舟から引っぱりあげて背中に乗せたら、あとは敵の前で煙のように消えればいい。

想像してほしい。心の底では見つからないと思っている人を一晩中さがしつづけ……その人は、歴史を変えることができるたったひとりのヒーローで、たまたま親友でもあるのだが……その人間を……すっかり希望をなくしたときに見つけたのだ！

みんなが、浮かれすぎたのも無理はない。

ダークシャドウが急降下する。

「ヒック！」カミカジとフィッシュの声は、興奮しすぎて裏返った。

「ヒック！」「ヒック！」「ヒック！」ついに見つけた喜びで、アロガンスとペーシェンスとイノセンスは、派手な稲妻をあちこちに吐いた。

ところが、ダークシャドウが、いざ救いの前足をさしのべると……

相手は、舟底に身をふせたではないか。

「あいつ、何やってんだ?」カミカジは、とまどったような顔で下をのぞきこんだ。「あちゃー、最後に見たときより、もっとひどいぞ。大けがをしてないといいけど。それに、なんだ、あのぼろ舟。あれで、よく浮かんでるな。ダークシャドウ、次は、ゆっくり近づいてみて。ヒックの上でちょっと止まる感じ。そしたら、いやでも、あたいたちに気づくよ」

ダークシャドウは、ゆっくりとおりていった。

「ヒック、ぼくだよ!」とフィッシュがさけび、

「ヒック、あたいだってば!」とカミカジが剣を持った手をふる。

だが、結果は似たようなものだった。

そして三度目。ダークシャドウは、足をオールで思いきりぶったたかれ、サンドシャークの毒矢を投げつけられた。

「いてぇ!」毒矢が脇腹に突きささり、アロガンスが声をあげる。

「キャー!」ストームフライは、つばさに毒矢が刺さり、海に落ちそうになったところを

った。

カミカジに助けられた。

フィッシュもカミカジも、待ちのぞんだ再会がこんな形になるとは、想像もしていなかった。

「ヒックのやつ、コントロールは、よくなったみたいだな。うん、かなり正確だった。まっ、男にしては、ってことだけど」カミカジは、ストームフライのつばさから毒矢を引っこぬき、わざと明るい声でいったが、心は傷ついていた。

それはそうだろう。不可能といわれても、一睡もしないでさがしまわり、大切な人をようやく見つけ、「会いたかったよ」と抱きつかれるのを期待して近づいたら、オールで攻撃され、毒矢を投げつけられたのだ。

フレイヤ女神様、ヒックはどうしちゃったんだ？　あの態度ったらないよ。あたいたちだって、気づかなかったのか？　せめて、ダークシャドウには気づいてほしかった。ヤバン諸島中をさがしても、三つ首のダークシャドウなんて、めったにいない。いや、一頭しかいないんだぞ。そういえば、オールをふりあげるヒックの顔を一瞬見たけど、真っ青だった。あれは、どう考えても、こっちがだれだかわかってなかった。

「あたいたちだって気づくまで、下手に近づかないほうがよさそうだ。さっき急降下したとき、小舟をひっくり返しちゃいそうになったし。ヒックのやつ、目がはれあがってたから、きっと、よく見えないんだ。そうだ、ストームフライ、ひとりで行って、伝えてきてよ」

「ふんっ、片方のつばさがこれじゃ、無理よ！」ストームフライが、古ノルド語でいい、麻痺したつばさをもう片方のつばさで示す。「それに、助けてあげようとしてるのに、矢を投げるような恩知らずなんて、ほうっておけばいいわ」

「そんなら、フィッシュ、あんたにダークシャドウの舵とりをまかせるから、あたいが、つばさのはしっこまで行って、ヒックに話しかけてみるよ」カミカジは、ぴょんっと起きあがると、ネコのような足どりでつばさの先まで歩いていき、両手を大きくふって、声をふりたてた。

「モジャモジャ族のあんぽんたん！　あたいたちだぞ。目をこじ開けて、よーく見ろってんだ。あたいたちだってば。助けにきたんだよ。ぐずぐずしてると、ドラゴン解放軍にやられちゃうぞ！」

あたいたちだってば。
助けにきたんだよ。
ブヒブヒ！

すると、ヒックは、さらに毒矢を数本投げてきた。そばでは、ホグフライが、ブヒブヒと鼻を鳴らしている。

助けられたくない人を助けるのは、なんてむずかしいのだろう。

フィッシュが、前方を指さして、金切り声をあげた。

「もう間に合わない！」

気まぐれな霧が晴れ、向かってくるドラゴン解放軍が見えた。安心できる距離ではない。

「わかった、わかった。作戦Bに変更だ」カミカジは、すばやく頭を回転させた。「作戦Aのほうが、ずっとかんたんだったのにさ」

「作戦Bがあるの？」

「あたりきしゃりきの、こんこんちきだい！　十の仲間よ、救出大作戦を中止し、これより、おびきよせ大作戦を開始する！　いいか、あたいたちがドラゴン解放軍の気を引いてるすきに、ヒックをミライ島へたどり着かせるんだ。いくら解放軍だって、ミライ島までは追ってこないよ。あそこには、守り魔がいるかんね」

カミカジのいうとおり、さすがの解放軍も、ミライ島には足をふみいれないだろう。守り魔を心底恐れているからだ。

「でも、ヒックは、守り魔をどうやってかわすんだろう？」フィッシュがきく。

「さあね。ヒックのことだから、とっておきの作戦があるはずさ。だって、ミライ島の浜辺へ向かってるじゃん。自分がやっていることくらい、ちゃんとわかってるって」カミカジは、ヒックの頭のよさを、いじらしいほど信じている。

「で、ドラゴン解放軍の気を引く、ってどうやるの？　まさか、近くに行ったりしないよね。遠くから安全にできるんでしょ？」

カミカジは、ドラゴンの首もとで身をかがめた。目がらんらんとしている。

「ダークシャドウ、解放軍がもう少し近づくまで待って。あと、相手に絶対見られちゃ、だめだかんな。声が届くくらい近くにきたら……」そこまでいって、ドラゴンの六つの耳に何やらささやいた。

　ダークシャドウは、古ノルド語を話すことはできないが、理解はできる。三つ首とも、カミカジの作戦が気にいったようだ。

「いい作戦だ」アロガンスの目が、ぎらりと光った。

「なるほど」とペーシェンス。

「声が届くくらいって、ちょっと近すぎない？」フィッシュは、両手で目をおおった。

　解放軍が、目に殺意をみなぎらせながら、ぼろぼろの小舟に近づいていく。

「まだだよ。声が届くくらい近くに来るまで待って」とカミカジ。

「でも、すごい速さで近づいていくよ」フィッシュが、泣き声になる。

　解放軍の数といったら、サンドシャークのときとは、桁がちがった。

　ついに、ドクヤドラゴン、ヤツザキドラゴン、ネジレドラゴン、ガブリンチョ、ドリルドラゴン、ノウミソドロボウ、そのほか、ヤバン諸島中の超凶暴なドラゴンたちが、ヒックの小舟の真上をくるくると回りはじめた。ガブリンチョが、歯をガチガチと鳴らして威

嚇する。その音は、一人前のバイキングでさえ、航海中の夜ふけに聞くと、心臓が凍りつくという。多眼のネジレドラゴンが、大の大人の腕さえもかんたんにもぎとるという、毛のはえた分厚い舌をのばす。ノウミソドロボウが、耳から脳みそを吸いだすときに使う管を出す。ドリルドラゴンが、鼻先のドリルをウィーンと回す。

波間に、イナズマーが三頭現れ、まるで海から太いつるがのびていくように、首をぐんぐんともたげた。その首には、毒のたっぷりと入った触角が何本もたなびいている。

すると、ダークブリーダーたちまでもが、けだるそうに海面に姿を見せた。光のまったく届かない深海で長くくらすあまり、魂まで闇にむしばまれたドラゴンだ。

ルナの刺客選びは、非の打ちどころがなかった。

ドラゴンのなかには、生まれつきのモンスターがいる。考えることも、ためらうこともなく、楽しむためだけに殺しをやってのける怪物のようなドラゴンが。

おまけにこのドラゴンたちは、場を盛りあげることを知っていた。小舟のまわりを、ゆっくりと飛ぶばかりで、炎も毒矢も稲妻もいっこうに吐きださない。小さなイモムシのような少年に、まずは、解放軍の強さを見せつけ、震えあがらせようというのだ。

ヒックは、あまりの恐怖に、身動きできずにいた。たよりない小舟の底で、ただただ丸くなる。舟底は水びたしで、海にいるのとほとんど変わらなかった。自分だって心臓が口から飛びだしそうだったが、恐れおののくホグフライを必死に守った。

もうだめだ。これで終わりだ。

だが、ドラゴンたちは、獲物の恐怖をじっくりと味わい楽しんでいるのか、なかなか攻撃してこない。その空白の時間が、かえって恐ろしかった。

と、そのときだ。まるで戦死者を冥界に運ぶ女神ワルキューレが復讐しにきたかのような、さけび声がひびきわたった。

「我々は、ミライ島の守り魔だ！」

声の主は、もちろんアロガンスとペーシェンスとイノセンスだったが、ドラゴン解放軍にわかるはずもない。ドラゴン兵たちは、まるで霧そのものから発射されたかのような稲妻や炎をまともにくらい、矢の雨に肩や腹や足を刺された。矢は、もちろん、カミカジが弓で放ったものだ。場を盛りあげることにかけては、カミカジも負けてはいなかったというわけだ。

解放軍が、本当に守り魔たちに攻撃されたと思ったのも無理はない。なにせ、ミライ島は百メートルもはなれていないのだから。そして、その守り魔は、イナズマーでさえ恐れる存在なのだ。

ほんの数秒前まで、ヒックをにんまりと見おろしていた解放軍は、あっという間にパニックになった。恐れおののき、混乱し、飛びまわり、守り魔から、そしてミライ島から、一

刻も早く遠ざかろうとした。

それは、天地がひっくり返ったようなさわぎだった。イナズマーの触角が波をたたき、稲妻がやみくもに放たれる。毒矢や炎、長い槍や短い槍が、雨のように海に降りそそぐ。我を忘れたドラゴンたちのしっぽが海面をむち打ち、大きなしぶきをあげる。

ヒックは、口をあんぐりと開け、空と海をかわるがわる見た。

フレイヤ女神様、オーディン神様、いったい何が起きているんですか？　ヒックは、神々に問いかけたが、答えを待つようなバカなマネはしなかった。沈みそうな小舟から身を乗りだし、ミライ島めざしてこぐ。

ダークシャドウとウィンドウォーカーは、にげていくドラゴン解放軍を追いかけ、稲妻を吐き、悪態をついた。調子に

乗ったダークシャドウは、ダークブリーダーを追って、海にもぐったり上がったりをなんどかくり返した。

「ドロドロ族は永遠なり！　もじゃもじゃベロベロワニやろう、これでもくらえ！」カミカジは、楽しそうに弓に矢をかけてさけんだ。「フィッシュ、ヒックが浜辺に着いたら、教えて！」

「うん、もう着きそう」フィッシュは、海水をピューッとふきだし、肩越しにミライ島をふり返った。「わっ、小舟が半分沈んだ……でも、もうすぐだ……わわっ、完全に沈んだ……でも、だいじょうぶ。泳いでる……あ、立ちあがった。ミライ島に着いた！」

「やったー！　ヒックがミライ島に着いた！　えらいぞ、あたい。またまたカミカジ・スンバラシー様が、すんばらしい作戦を成功させた！」

カミカジは、ガッツポーズをした。

「カミカジ、ほんとにヒックには、守り魔をやっつける作戦がちゃんとあるんだよね？　なんだか、浜辺をさまよっているようにしか見えないんだ

けど」

　そのとき、恐ろしい考えが、フィッシュの頭をよぎった。

「ヒックは、ぼくたちがわからなかった……ひょっとして、守り魔のことも知らないんじゃ……」

「まっさかー。作戦があるに決まってる。ヒックには、いつだって作戦があるかんな」

　そうであることを祈るしかない。

　小さな黒い影は、もう浜辺を半分以上奥へと進んでしまっていた。

7 上陸

少し前のこと。ヒックは、上空で何が起きているのか、さっぱりわからなかった。キリサキ山から向かってきたドラゴンの群れは、どういうわけか、たがいを攻撃しはじめた。稲妻や毒矢や炎が、沈みかけている小舟のまわりに、豪雨のように降りそそぐ。ヒックは、白い砂浜に向かって、壊れたオールを無我夢中で動かした。

もうすぐだ、もうすぐだ、もうすぐだ。

だが、あと二十メートルというところで、小舟はあえなく沈没。ヒックは、右手と右足だけを使って泳ぐはめになった。左半身は、ぱんぱんにはれあがり、ほとんど動かない。

ああ、なんて冷たいんだ。氷のような海の冷たさに、意識を失いかける。あともう少しだというのにおぼれたら、死んでも死にきれない。

ミライ島の西には大海原が広がり、その先には、アメリカというまぼろしの大陸があるという。西のはては巨大な滝になっていて、落っこちてしまう、と信じている人もいる。

今日のように風の強い冬の日は、その大海原から荒々しい波がおし寄せる。

ヒックは、巨大な波にのまれ、浮かんだり沈んだりをくり返した。息が苦しい、もうだめだ、と思った瞬間、浅瀬にほうりあげられた。波に引っぱりもどされないよう、力をふりしぼって起きあがる。息を切らし、砂浜にあがると、くずれ落ちた。つりあげられた魚のようにあえぎ、震える。体は麻痺し、ぼろぼろだったが、心には達成感が広がった。

ミライ島に着いたぞ！　いままでのことは、まだほとんど思いだせなかったが、この島へ、この場所へ、このヤバン諸島の西端の浜辺をめざして、これまで命をかけてきた気がする。そして、ついにたどり着いた。やってのけたのだ。

ミライ島。希望を感じるのは、名前のせいだけじゃないはずだ。

ヒックは、少しのあいだ、達成感に酔いしれた。だが、すぐに、自らをふるいたたせて起きあがり、砂浜の奥へと歩いていった。空を見あげると、ドラゴン解放軍が去っていくのが見えた。だが、いつもどってくるか、気が気じゃなかった。ぐずぐずしていられない。オーディンファングとかいう小さな茶色いドラゴンは、王の戴冠式がおこなわれるゴーストリーの古城に行け、といっていた。

ヒックは、よろよろと進んだ。あざだらけで、くたびれはて、一歩進むごとに体中が悲鳴をあげたが、それでも足を止めなかった。

右を見ても左を見ても、浜辺がずっと続いている。妙に落ちつかない気持ちになり、左足を引きずりながらも歩く速度を速めた。胸さわぎがしたのは、立っている砂浜が不安定に感じたからかもしれない。

と、ほんのかすかだが、砂のひとつぶひとつぶが、小さな毛虫みたいにふるふると動いた。ヒックは、ぎょっとして足もとを見おろし、砂浜の奥のかたい地面まで、無我夢中でよろめき歩いた。

「おいらは、かくれるブヒ」ホグフライは、リュックに飛びこみ、オーディンファングのとなりにおさまると、なかからリュックのふたを半分閉め、目だけ外に出した。「この砂浜、オバケ出そう」

たしかに、ぶきみな砂浜だった。

あの世を想像させるような妙な音がする。まるで砂浜が歌っているみたいだ。威嚇しているようでもある。

ヒックは、とうとう耐えきれず、走りだした。

足がもつれ、息が切れ、涙があふれる。あともう少しで砂浜が終わる……と思ったそのとき、三メートルほど先の岩陰から、大きな何かがぬっと現れた。

ヒックは、びくっとして立ちどまった。

その何かは、背が高く、フードをかぶり、腕を組んでいた。大またで、一歩、二歩、そして三歩と近づいてくると、フードをバサッとうしろにはらった。花崗岩のようにかたくこわばった顔が、あらわになる。男は、目かくしをしているのに、まるで見えているかのような正確さで、ベルトから巨大な斧をぬき、ふりかざした。

「我は、ミライ島の〈守り人〉である。父の父の父の代より百年近く、この島をにせの新王候補から守ってきた。失われし宝を持つ者のみ、ミライ島に上陸を許され、生きながらえることは知っておるのか。無断でこの地に足をふみいれるとは、宇宙のちりになる覚悟はできているものとみる」

ヒックは、生つばをゴクリと飲みこんだ。意味はよくわからなかったが、宇宙のちりになるのは、ごめんだ。

「ぼくは、ヒックっていう名前らしいんです」なんとか、それだけいう。

一方、ヒーローズエンド島のほうからは、ダークシャドウが猛スピードでミライ島へと向かっていた。というのも、楽天家のカミカジでさえ、ひょっとしたらヒックには作戦なんかないのではないか、と思いはじめていたからだ。

失われし宝(たから)を
持つ者のみ
ミライ島に上陸を許(ゆる)され、
生きながらえる!!

「ヒックのやつ、だれと話してんだ？」カミカジが、フィッシュにきく。

「きっとミライ島の守り人だよ。浜辺中に何百人もいて、島を守ってるんだって。ああ、どうしよう、どうしよう。昨日、〈歌う砂浜〉では、守り魔が飛びだしてきたよね？〈審判官〉が、『失われし宝を持つ者のみ生きながらえ、新王に命ぜられる』とかなんとか、いってなかった？ああ、ダークシャドウ、もっと急いで」

「これ以上は……無理だ……」イノセンスの息は、すっかりあがっている。

ミライ島では、目かくしをした男が、ヒックにかみつくようにいった。

「汝は、新王候補だと主張するのかね？」

「そうみたいなんです。オーディンファングという小さな茶色いドラゴンに、そういわれました。あの……オーディンファングは、ご存じですか？」

守り人が首を横にふる。

ヒックは、緊張のあまり、早口で続けた。

「その茶色いドラゴンが、ここに廃墟になった城があるといったんです。とても説得力がありました。それで、行き方を教えていただけたらなぁ、と」

守り人は、目かくしした顔の表情をまったく変えることなく、ヒックを見おろした。斧はふりかざしたままなので、油断はできない。

「先だって、ある男がやってきて、真の新王候補と認められたのだ。これから一時間後、その者の戴冠が晴れて終了したあかつきには、我々守り人は九十九年の呪いをとかれ、この島から自由になる。自由！　ミライ島という監獄を出られるのだ。諸島中の海と空を旅し、望むところどこへでも行くことができる。生まれて初めて、この目かくしをはずし、この世のふしぎを目にするだろう。そして、いままでにおいと感触でしか味わえなかった美を、この目で愛でるのだ」

「それは、よかったですね」とヒック。

「いかにも」

「いままで、苦労されたんでしょうね」

「なかなか礼儀正しい幼子ではないか。礼儀正しさは、王の大切な資質であるにもかかわらず、近ごろ、軽んじられる傾向にある。だが、すでに真の新王候補がこの島にいるからには、汝は、そうではあるまい。これは、昼のあとに夜が来ることほどにあきらかである。

ともあれ、失われし宝を見せるがよい」

ヒックは、またゴクリと生つばを飲みこんだ。歯がガチガチと鳴ったが、寒いせいか怖いせいかわからなかった。

「それなんですけど、いまは持ってないんです。小さい茶色のドラゴンによると――さっきいったドラゴンのことですけど――裏切り者のアルビンという人にうばわれちゃったみたいで。そういうわけで、この島に先にたどり着いたのは、アルビンですけど、真の新王候補は、このぼくなんです」

守り人は、斧をふりかざしたまま、ヒックをじっと見つめた。目かくしをしていたが、ヒックは、見られている感じがした。

自分がどんなに王らしくないかは、わかっていた。おぼれかけのネズミが、ぼくは王だ、といいはっているようなものだ。だが考えてみれば、守り人には、ヒックの姿は見えていないはずだ。

「つまり、裏切り者のアルビンが、汝の宝をうばいとった、と？」

「そうみたいなんです」

いまにも斧で頭をかち割られそうなときにする言い訳にしては、説得力がなさすぎる。

「そして、汝こそが真の新王候補だ、と?」

「オーディンファングは、そういってました」

守り人は、斧をベルトにしまった。

ヒックは、ほっとするあまり、頭がくらくらした。

「ありがとうございます。それで、廃墟への行き方を教えて――」

「まことに遺憾である。心底、残念だ。なんといっても、汝はまだ幼く、礼儀も正しい。だが、失われし宝を持つ者のみ生きながらえ、新王に命ぜられるのだ」

ま、まずい。

守り人は、しまったばかりの斧をまたぬき、両腕をコウモリのつばさのように広げると、荒れた空に向かって、ろ

うろうと声をひびかせた。

「ミライ島の守り魔ども、目を覚ませ。にせの新王候補を容赦なく襲い、宇宙のちりとならしめよ！」

それを見ていたカミカジは、ミライ島へと猛スピードで向かうダークシャドウの背中の上でさけんだ。

「やめろーーーーー！」

砂浜が、ブクブクと泡立つ。

ヒックは、目を見ひらいた。

砂浜から……ついさっき、動いているように感じられた砂浜から、言葉ではいいあらわせない生き物が次から次へと飛びだした。ドラゴンか怪物か、それよりも恐ろしい何かか。まるで死そのもののようなそれは、巨大で、機敏で、目で正確にとらえることはできなかった。得体の知れぬ何かは、どこかちがう惑星

にせの新王候補を容赦なく襲い、

うちゅう
宇宙の
ちりと
ならしめよ
！

の生き物のようなかん高い声をあげながら砂のなかから飛びだすと、悲鳴をあげるヒックをわしづかみにし、邪悪な花火のように空へと上がった。ヒックは、高く高く高く舞いあがり、大気圏でおぼれそうになった。

これが、宇宙のちりに

なるということだ。
「やめろーーーーー！」カミカジとフィッシュとウィンドウォーカーの悲痛（ひつう）なさけびがひびきわたる。「やめろ、やめろ、やめろー！」
ウィンドウォーカーは、前足で目をおおった。
まさか……そんな……。

ー!!!!

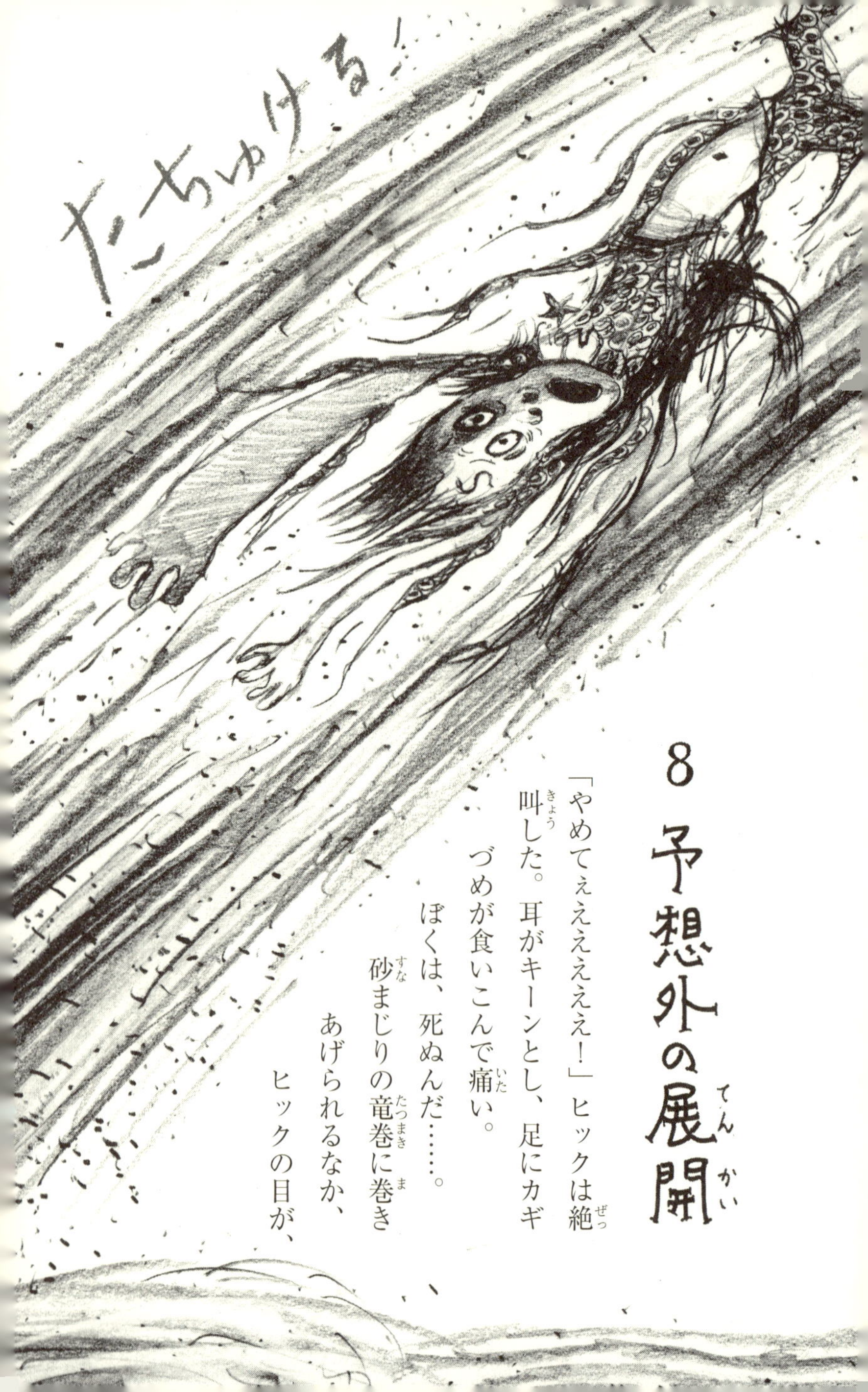

8 予想外の展開

「やめてぇえええええ！」ヒックは絶叫した。耳がキーンとし、足にカギづめが食いこんで痛い。

ぼくは、死ぬんだ……。

砂まじりの竜巻に巻きあげられるなか、ヒックの目が、

怪物たちの目と合った。だが、そのあまりの強烈なまなざしに、思わずまぶたを閉じた。

だれでも、死に際には、大切なことをいいのこすものだ。ヒックの心の奥から、ある言葉がこみあげ、口をついて出た。それがなんのことかもわからないのに、ヒックは、こうさけんでいたのだ。

「ミー　トゥースレス　たちゅける！」

これはもちろん、「トゥースレスを助けなきゃ！」という意味のドラゴン語だ。

するととつぜん、正体不明の怪物が、百八十度方向転換し、墜落するロケットのように急降下しはじめたではないか。ヒックの胃は、でんぐり返った。

ヒックの足が、怪物のカギづめから、ずるずるとすべり落ちていく。ヒーローズエンド島で泥をぬりたくり、ここミライ島の浜辺でぬめぬめとした海藻がくっついたせいだ。いや、もしかしたら、怪物が、つかみなおそうと、力をゆるめたせいか。

本当のことは、だれにもわからない。

ヒックは、怪物のカギづめから、ミミズのようににょろりとぬけ落ちると、ミライ島の沼地に向かって下へ下へと落ちていった。

その一部始終を、カミカジ、フィッシュ、ウィンドウォーカー、ストームフライは、ダークシャドウの背中の上でずっと見ていた。おぞましい怪物たちが砂から飛びだし、浜辺一帯があっという間に地獄となって、ヒックが竜巻のようなものに巻きあげられた。すさまじい砂ぼこりで、ほとんど何も見えなくなったと思ったら、怪物が、まるで失敗した大

あれは、ヒック?

花火のように、沼地めがけて急降下。そして、墜落する寸前、カギづめから、小さくてぼろぼろのものを、ぽとりと落とした。

カミカジはさけんだ。

「うわー、フレイヤ女神様。あれは、ヒック? まさかヒック?」

ミライ島の浜辺では、守り人が鼻をひくひくと動かし、砂まじりの空気をかぐと、おどろいたようにいった。

「信じられぬ。守り魔がしくじるとは。こんなことは前代未聞だ」

守り魔がしくじったとなると、自由になる夢が散ってしまうかもしれない。

「兄弟たちよ、立ちあがれ! 守り魔がしくじった。島に不法侵入者あり!」

守り人は、ベルトにさしてある長いつえをぬくと、ひょうしをつけて地面をつつき、合間に足をふみならして、仲間に合図を送った。

ミライ島の海岸は、人っ子ひとりいないように見えた。

ところが、守り人の呼びかけで、島のまわりに配置されていた仲間たちが、ぞろぞろと出てきた。岩陰から現れる者、崖の上のしげみから出てくる者、まるで砂から生まれたかのように浅い穴からはい出る者。男も女もいるが、みんな背が高く、フードをかぶり、目かくしをしている。

そのうちの半分は浜辺に残って境界を守り、もう半分は斧を手に勢いよく沼地へと向かった。

それを、空で見ていたカミカジはささやいた。

「急げ！　ヒックを助けなきゃ。どうか無事でありますように。ダークシャドウ、守り人のやつら、パニックになってるぞ。いまなら、突破できるかも……」

ダークシャドウは、三つ首をのばすと、上を下への大さわぎをしている守り人たちの頭上すれすれを飛びこえた。フィッシュは、かたずをのみ、守り人のどなり声が追いかけてくるのを覚悟した。だが、何も起きなかった。カミカジのもくろみが、あたったようだ。

ふつうなら、カメレオンドラゴンでさえ、守り人と守り魔の二重ガードを打ちやぶることはできない。だが、このとき、守り人たちはヒックを血眼になってさがしていたし、守り魔が巻きあげた砂ぼこりが霧や煙と混じりあい、視界は最悪だった。守り魔たちはというと、ふたたびかなりの高さまで舞いあがっていた。ハヤブサのようなスピードが出るとしても、地上にもどるには、最低でも五分はかかるだろう。

というわけで、ダークシャドウは、守り人の上と守り魔の下をやすやすと通りすぎ、ミライ島の空域へと侵入したのだった。

フィッシュとカミカジは、ミライ島をまじまじと見おろした。まるで童話にのっている地図のように、島全体が目の前に広がっている。かなり大きかったが、ほかの島と同じように、ほとんどが沼地か湿地かシダのしげみで、南には深い森がある。かつての都は、くちはてて廃墟となっていたが、それでもフィッシュとカミカジは、こんなに大きな町を見たことがなかった。自然港を囲むように、城が十五以上はある。何千もの家が、迷路のように立ちならんでいたが、壊れた窓の上を二、三センチ残して、沼に沈みこんでいた。

かつて、ここは、家、店、馬小屋がひしめく、活気に満ちあふれた都で、西の荒野の王国の中心だった。それが、いまでは、壁や屋根がくずれ落ち、ただのがれきの山だ。風がヒューヒューと物悲しげな音をたて、カモメのせつない鳴き声がこだまする。

崖のてっぺんには、ひときわ大きな城が残っていた。これこそ、ゴーストリー王の本城だ。そして、まさしくここに、バイキングの生きのこりが、戴冠式のために集まっていた。アルビン軍は、喜びにわきたち、ドラゴンマーク軍は、悲しみに打ちひしがれている。

人々は手を止め、空を見あげた。守り魔がロケットのように空に飛びたち、巻きあがった砂が、雨のように地上に降りそそぐ。

アルビンは、かみつくようにいった。

「いったい何ごとだ？　これは、どういうことです？」最後の最後で、王になるチャンスをうばわれるのではないかと、あわてふためく。

守り人の長、審判官は、目かくしした顔を天に向け、空気のにおいをかいだ。それから、地面にひざまずき、耳をすますと、部下たちが島中を走りまわる足音を聞いた。

「侵入者だ。ミライ島に不法侵入した者がいる。まさか、そんなことが……」

それを聞いたトゥースレスは、目をぱちりと開け、首をもたげた。かわいそうに、涙はかれはて、背中のトゲはだらりとたれている。

ヒック？　ひょっとして、トゥースレスのヒック？

アルビンは、真っ青になり、あわてて審判官をぐいっと引っぱった。まだ、正式に新王になっていないのだ。

「急いで、戴冠式をしましょう。早くすませなければ！」

審判官は、むっとして首を横にふった。

「戴冠式は、性急におこなうものではない。侵入者は、守り魔と守り人にまかせておけばよい」

魔女エクセリノールが、口をはさんだ。

「アルビンや」口のはしを左右に広げてにんまりと笑うと、息子をたしなめる。「辛抱だよ、あたしのかわいいぼうや、辛抱するんだ」

アルビンは、なんとか落ちつこうとした。頭のなかで、審判官を処刑リストに加えて怒りをのみこむと、今度はへりくだってみせた。

「偉大なる審判官様、わたくしとしたことが、我を忘れるとはお恥ずかしい。王としての務めを早くはたしたいばかりに、ついつい気がせいてしまいました。その務めには、もちろん、あなた様を自由にすることもふくまれているのですが……」

「自由……」審判官が、夢心地にささやく。

神々にそむくことは、許されないのだ。アルビンは、いけ好かない人間だが、神々のご意志とあらば、しかたがあるまい。それに、残り少ない我が人生を自由に過ごせ、この目で初めて世界を見られるのならば、だれが王になろうと知ったことではない。

西の荒野の王座は、筋骨隆々の部下ふたりの手で、すでに王の間の中心にすえ置かれている。王座は、百年ぶりに、あるべきところにもどり、ゴーストリーの王国を一望していた。

審判官は両手を広げ、戴冠式の聖なる文言をのべようと、せきばらいをした。

その二分前のこと。ヒックは、大きな沼に落ち、腰まで泥につかっていた。浜辺のほうから、斧を持った男女のさけび声やどなり声が聞こえると、信じられない力が出て、そばのシダのしげみに飛びこんだ。

斧を持った人たちは、きっと追いかけてくる。ここは、冷静に考えな

ければ。しげみから少し顔を出し、さっとあたりを確認した。東には、都がある。崖のてっぺんに大きな城がそびえ、アルビン軍やドラゴンマーク軍が小さく見えた。オーディンファングがいっていた戴冠式は、あそこでおこなわれるのだろう。ということは、にせの新王が誕生する前に、何がなんでも行かなくては。

　だが、ヒックとその城のあいだには、シダの海が延々と広がっていた。どう見ても、間に合いそうにない。守り人のさけび声が近づくと、ヒックは、しげみに身をひそめた。

　ぬれたしげみのなかをはって進む。変な笑いがこみあげてきた。こんなのは、正気の沙

汰じゃない。本当はこのまま地面につっぷして眠りたい。自分がだれかも、何をやっているのかもわからないまま、体中の痛みに耐え、人間とドラゴン両方からにげつづけるなんて。

だが、心のなかの何かが、足を前へ前へと進ませた。頭では、不可能なことをやろうとしている、と知っていても。始める前から負ける、とわかっていても。

ヒーローというのは、そういうものなのかもしれない。

守り人たちがさけび声をあげ、沼をかき分け追ってくる。あと二、三分でつかまっても、おかしくない。なにせ、ヒックは、はって進むことしかできないのだ。

と、そのとき、奇跡が起きた。長いトンネルのとちゅうに行きあたったのだ。何者かが、空の天敵に見つからずにしげみを移動できるよう、つくったもののようだ。

トンネルドラゴン。ヒックの頭に名前が浮かんだ。

トンネルドラゴン――ヤバン諸島中にいる、つばさのない中型ドラゴン。しげみにトンネルをつくり、信じられないスピードで島中を縦横無尽に動きまわる。

足音とともに地ひびきが伝わってきたかと思うと、右から、大型犬ほどの大きさのトンネルドラゴンが、恐怖に目を見ひらいて突進してきた。ヒックが、間一髪でよける。ドラゴンは、そのまま、おびえた小さなサイのように、左へとかけていった。砂からふきだしてきた守り魔に、おどろいたのだろう。

ヒックは、またトンネルドラゴンが来るのを待った。と、すぐに次が、鼻息も荒く、猛スピードでかけてきた。ヒックは、ドラゴンが目の前を通りすぎる瞬間、飛びついた。しっぽのトゲの一本をしっかりとつかむ。ドラゴンは、キーッとかん高い声をあげ、しっぽをバタバタとふってふり落とそうとしたが、立ちどまろうとはせず、何がなんでも手をはなさないヒックを引きずったまま、トンネルをつき進んだ。

それは、スリル満点の二分間だった。ヒックは、猛進するトンネルドラゴンに引きずられていった。地面にぼんぼんとたたきつけられ、息もできない。守り人たちのさけび声が、遠ざかっていく。パニック状態のトンネルドラゴンが大きくとびあがるたびに、ヒックは、ふり落とされそうになったが、死に物狂いでしっぽをつかみつづけた。

「もっと早く走れ！」ホグフライが、ヒックのリュックから顔を出し、楽しそうに声をあげた。

ドラゴンは、ヒックを壊れた人形のように引きずりながら、トンネルをくねくねと曲がって暴走した。ふいに、ドラゴンが、しっぽを力いっぱいブンッとふった。ついにヒックは、ふり落とされ、くるくると宙を舞って、ドスンと落ちた。息を整え、起きあがり、慎重に慎重に頭をしげみの上に出す。ヒックは、目を見ひらいた。だが、今回は、怖かったからではなく、うれしかったからだ。

トンネルドラゴンにつかまるのは、大きな賭けだった。どこに連れていかれても、おかしくなかったからだ。目的地から遠ざかっていたとしても、ふしぎではない。

だが、まぐれも大まぐれ、ヒックは、ゴーストリー城から二百メートルもはなれていないところにいた。
いや、これは、まぐれなどではない。運命だ。
ヒックは、体中の痛みをよそに、泥としげみをかき分け、よろよろと進んだ。
前へ、前へ、前へ。

9 ゴーストリーの古城

ゴーストリーの古城では、新王の戴冠式が始まっていた。

がれきが散らばる王の間に、ヤバン諸島中の民族が集まっている。ドラゴンとの激しい戦いを生きのびた人間たちは、みな、やけどを負い、腹をすかせ、傷つき、くたびれきっていた。

古城は、王国を一望できる場所にある。ゴーストリーが、自らの王国を見はらせるよう、つくったからだ。北には、キリサキ山の連峰が見える。西には、海が延々と広がっている。南と東に散らばる島々は、炎に包まれていた。ドラゴン解放軍に火を放たれてから数か月はたつ村も、ぼうぼうと燃えている。ドラゴンたちが、フュリオスの命令で、復讐の日が来たことを人間に知らしめようと、ふたたび火を放ったからだ。

まるで、地球がまるごと火の玉になったみたいだ。

フュリオスは、キリサキ湾に横たわっていた。その想像を絶する巨大さは、入り江が浅いプールに見えるほどだ。フュリオスは、古城にちっぽけな人間がアリのようにたかっているのを見て、いった。

「あわれな虫けらどもめ、その目で、この世の地獄をと

くと見るがいい。そして、恐れおののくのだ」

深くひびく声は、海を震わせ、巨大な波を引きおこした。そして、古城にいる人間たちにも、ダークシャドウに乗ったフィッシュやカミカジにも、しげみを無我夢中でかき分けて進むヒックにも届いた。

フュリオスは、古ノルド語を使った。シードラゴンは、その気になりさえすれば、人間の言葉を話すことができる。

「ついに運命の冬至がやってきた。人類が滅亡する日が。そのあわれな男を、西の荒野の新王にするがよい。つまらぬ王座につかせたのち、わがはいのもとに連れてくるのだ。一騎打ちをしようではないか。新王を倒し、この世の人間をひとり残らず始末するまで、わ

がはいの心に安らぎはおとずれぬ！」

フュリオスは、大きな首をもたげると、天に向かって炎を吐きだした。空に閃光が走る。

ヤバン諸島中のドラゴン兵が、それに応えるかのようにほえ声をあげた。

崖の上の古城では、ドラゴンマーク軍とアルビン軍が、目のくらむような光を両腕でさえぎった。フュリオスの吐きだした炎は、新しい太陽が誕生したかと思うほどまぶしかった。

ドラゴン解放軍のほえ声は、戦争の音そのものだった。山々にこだまし、ドラゴンたちがふみならす足音と交わって、大地を地震のようにゆるがす。バイキングたちは、すくみあがった。戦士だからこそ、この音の意味するところがわかってしまう。

どうしよう……ヒックは、子ネズミのようにしげみをはいだした。

身の毛もよだつほえ声が徐々にやむと、王の間に恐ろしいほどの静けさが広がった。

人々は、いまごろになって、終わりが近いことに気づいた。

新王の出現は、最後の希望だ。そして、いま、ミライ島に追いやられた人間たちは、最後の賭けに出ようとしていた。それにしても、ドラゴンジュエルは、人類の滅亡を防ぐ切り札にしては、あまりにたよりなく見える。
ふいに、諸島中（しょとうじゅう）の民族が、声をそろえてゴーストリーの最期（さいご）の歌を歌いはじめた。ゴーストリーは、この歌を口にしながら、〈エンドレス・ジャーニー号〉で旅だち、二度と姿（すがた）を現（あらわ）さなかった。

王になるため、
はるばる船で
やってきたのに
時代（とき）が合わなかったのさ

星のない夜、
船は難破（なんぱ）
向かい風に
へじくだかれ
あらしに船をくだかれ
王じゃなくても

ヒーローさ
ヒーローよ、
永遠（えいえん）に！

別の時代
別の場所なら、
王だった、
くずれた城の上で、
海鳥たちが
悲しく歌う
ミライを焼き
つくしちまった、

時間はもどせない
それでも
ヒーローさ
ヒーローよ、
永遠に！

アルビンの背筋に、冷たいものが走った。

「この歌だけは、やめてほしかったですね」母親にぶつぶつとつぶやく。よりにもよって、ヒックが死ぬときに歌っていた歌を選ぶなんて。「あいつめ、わたくしを呪っているんですかね。せっかくの晴れ舞台に水をささないでほしいものです」

「シーッ。あたしのかわいい息子や、あいつは、永遠にいなくなったんだ。魚のエサにでもなったさ。ゴーストリーとおんなじ、過去の人間だ。おまえは、勝ったんだよ」

審判官は、前に歩みでると、しわがれ声でいった。

「失われし宝を見せたまえ」

アルビンが、宝をさしだす。

だれもが、穴にかくれるネズミのように静かだった。ドラゴン解放軍でさえ、古城でのできごとを聞きもらしてはなるまいと、おしだまっている。人間もドラゴンも、まるで、何世紀にもわたる歴史はすべて、このときのためにあったのだと思っているかのようだ。

審判官は、宝を確認した。琥珀色のドラゴンジュエルを日にかざす。人間の手にすっぽりおさまってしまうほどの小さな宝石は、これからむかえるであろう最終決戦のお守りにしては、あまりにも心もとない。

次に、審判官は、身をかたくしているトゥースレスを檻から出し、やさしくなでた。

「ドラゴンは、檻に入れられるべきではない。小さきドラゴンよ、誇りを持て。頭を上げよ。汝は、一番の宝ではないか」

単純なトゥースレスは、気をよくし、審判官の手をぺろぺろとなめると、今度は肩に飛びのり、すぐに調子に乗るクセが出て、ふんぞり返った。

「そうそう、トゥースレス、一番だいじなたから！」

審判官は、いまにもぽろぽろとくだけちりそうな古い巻物を取りだし、声に出して読んだ。

どうして読めるのか、ふしぎに思ったトゥースレスは、目かくしの下をのぞいてみたが、すきまはなかった。

「みなの者、ご拝聴願う！　本日、運命の冬至に、我らが、ゴーストリーの予言を代読いたす」

「あの予言だ」エクセリノールは、目をギラギラさせた。

「魔女から魔女へ代々受けつがれてきた予言といっしょだよ。かわいいアルビンや、あたしゃね、おまえがほんの赤ん坊のときから、この予言を読みきかせていたんだ。子守唄がわりにねぇ。ほうら、母さんのいったとおりだろう？」

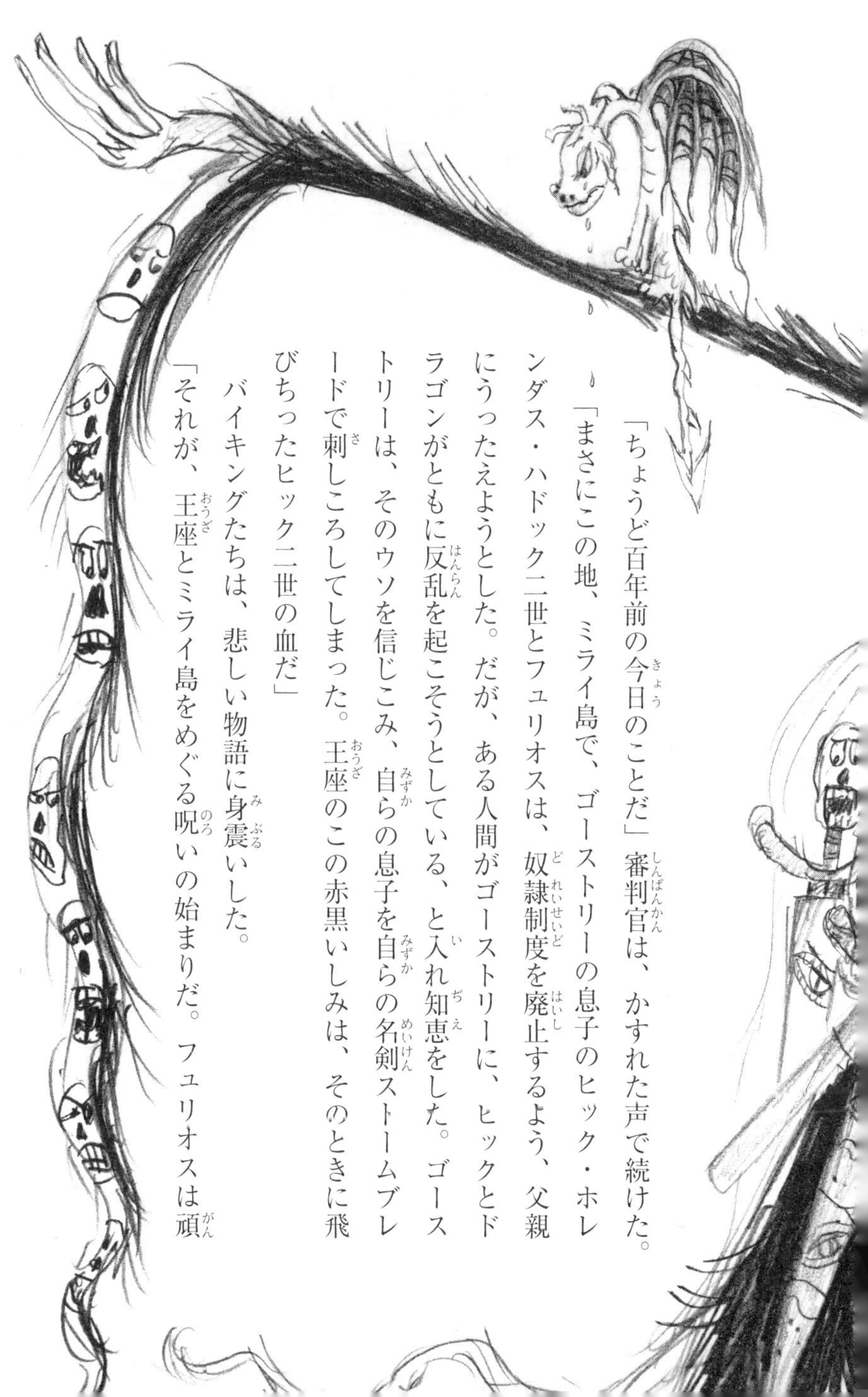

「ちょうど百年前の今日のことだ」審判官は、かすれた声で続けた。
「まさにこの地、ミライ島で、ゴーストリーの息子のヒック・ホレンダス・ハドック二世とフュリオスは、奴隷制度を廃止するよう、父親にうったえようとした。だが、ある人間がゴーストリーに、ヒックとドラゴンがともに反乱を起こそうとしている、と入れ知恵をした。ゴーストリーは、そのウソを信じこみ、自らの息子を自らの名剣ストームブレードで刺しころしてしまった。王座のこの赤黒いしみは、そのときに飛びちったヒック二世の血だ」
バイキングたちは、悲しい物語に身震いした。
「それが、王座とミライ島をめぐる呪いの始まりだ。フュリオスは頑

失われし宝にまつわる秘密の予言

ドラゴンの時代が、
そこまで来ている。
新王のみぞ、民を救う。
勝者の勝者こそ、
まことの新王。

<失われし十の宝>を持つ者こそ、
真の新王。
きばのないドラゴン、二番目の名剣、
ローマ軍の盾、
夢の大陸の矢、
ハートの宝石、どんな錠も開けてしまう鍵、
チクタクと音の鳴る装置、王座、王冠….

十番目にして、もっとも重要な宝は、
全人類を救う<ドラゴンジュエル>である。

丈な鎖でしばりあげられ、樹海の奥深くに捨ておかれた。それ以来、ドラゴンは、ひどいあつかいを受けつづけている。

一方、だまされたことに気づいたゴーストリーは、燃えゆく城で、愛する息子の亡骸を抱きしめながら、自分よりはるかにりっぱな人間が現れるまで、西の荒野に新たな王が誕生せぬよう、〈不可能な任務〉なるものを思いついた。

十の宝を、およそ見つからぬ場所にかくし、思いつくかぎりの恐ろしい怪物に守らせた。こうして、本物のヒーローにしか、宝を集められないようにしたのだ。真のヒーローだけが、呪いをたちきり、西の荒野の新王になるように、と。

本物のヒーローならば、強さとかしこさ、困難に立ちむかう力と知恵を持ちあわせ、失われし宝をすべて見つけだし、王座につくことができるにちがいあるまい。

逆にいえば、それができない者は、西の荒野の新王には値せぬということだ」

審判官は、ここまでいうと、キリサキ山に集まったドラゴン解放軍をさし示し、表情をかたくした。

「我々が直面している危機を考えると、いままさに、真のヒーローが求められている。そヒーローは、このわたくしです！

のヒーローは、どこにいるのだ？　失われし宝を見つけたのは、だれであるのか？　ゴーストリーに勝る、りっぱな西の荒野の王はどこにいる？　我こそはという者は、名乗りでよ！」

アルビンは、ふんぞり返って前に出た。母親にドンとおされ、あやうくつんのめりそうになる。

アルビンは、この瞬間のために生きてきた。このために、だまし、盗み、殺し、裏切ってきたのだ。この日をむかえるのに、どれだけの犠牲をはらったことか。失ったものは、片目、片腕、片足、髪の毛、鼻、そして……心。

すべては、この輝かしいときのため。

はたして、その価値はあった。

「すべての宝を見つけたヒーローは、このわたくしです！」裏切り者のアルビンが、声高にさけぶ。

アルビン軍は、歓声をあげた。

バルハラマとストイックは、首を横にふっただけで、だまっていた。何がいえる

すべての宝(たから)を見つけた

というのだろう？　バルハララマは、人生をかけて失われし宝をさがしてきたが、ひとつも見つけられなかった。バルハララマほど偉大なヒーローが、どんなにさがしても無駄だった。失敗したのだ。

バルハララマとストイックは、結局、ヒックを救うこともできなかった。失敗したのだ。

ふたりは、口を閉ざしたまま手をつなぎ、うなだれた。

「わたくしは、ゴーストリーより、りっぱなのでございます！　わたくしこそ、西の荒野の新王です。当然の権利として、王座と王冠を要求します！」

アルビンが、いそいそと王座に座る。

「ま、待って…」

王の間の外から弱々しい声が聞こえた。

審判官は、王冠を手にとり、得意気な顔をしたアルビンの頭にのせようとした。

と、そのときだ。

「ま、待って……」王の間の外から、弱々しい声が聞こえた。

「待って……」またもや弱々しい声。

ドラゴンマーク軍、アルビン軍、審判官、守り人、アルビン、魔女、全員が、声のするほうをふりむいた。

ゴーストリー城の王の間の入り口にいたのは、目もあてられないほどぼろぼろな姿をした……

ヒック・ホレンダス・ハドック三世だった。

10 真の新王

その五分前。カミカジとフィッシュは、ダークシャドウに乗り、ヒックをさがしていた。と、ふいに近くのしげみから、ヒックがぬうっと出てきたではないか。

守り人たちは守り人たちで、ヒックに気づき、追いかけようとしたが、どこからともなく稲妻が飛んできて、地面にひれふすしかなかった。稲妻は、もちろんダークシャドウが吐いたものだ。

こうして、ヒックは、ゴーストリーの古城に、なんとかたどり着いたのだった。

ダークシャドウは、古城の中心から少しはなれたところに着地した。ちょうど、ヒックが、王座によろよろと向かっているときのことだ。その姿は、どう見てもヒックとは思えなかった。服はカギづめや波や風にずたずたに引きさかれ、左半身はむらさき色にはれあがり、右半身は血の気がなく真っ白。まともに歩けないどころか、立っているのもせいいっぱいといった感じだ。

まるで、ぼろぼろのかかし。

アルビンは、腰をぬかしそうになった。冥界ヴァルハラからやってきたヒックの亡霊に、呪いころされると思ったのだ。ヤバン諸島でくらしていると、次から次へと危険な目にあうので、怖いものなどほとんどないが、オバケだけはべつだ。しかも、この幽霊は、自分がなさけ容赦なく殺した少年だ。復讐しにきたに決まっている。

アルビンが真っ青になり、思わず両手で首を守ったのも無理はない。

「出たーーーーー！　トール神様、オーディン神様、神ご一同様、どうかどうか、この幼き亡霊から、わたくしをお救いくださいませ。反省しています。反省しておりますとも！　おお、オバケ様、どうかお許しください。すべては、母がやったことなんです！」

魔女エクセリノールは、骨ばった手でアルビンの口をふさいだ。アルビンは、あやうく窒息しそうになった。

「落ちつきな、アルビン。みっともないね」魔女は、疑うように目を細めると、ヒックが亡霊かどうかたしかめるかのように、まわりの空気をくんくんとかいだ。「息子や、落ちつくんだ。あとちょっとだってのに、だいなしにするつもりかい？」

「何者だ？」審判官は、ヒックにきいた。「新王を決める厳粛な戴冠式をじゃまするとは、いったい何様のつもりだ？」

ヒックは、足を引きずって前に出た。

「ぼくです。ぼくは、ヒ……ヒ……ヒ……」頭が真っ白になる。小さな茶色いドラゴンが教えてくれた自分の名前さえ、忘れてしまったのだ。たしか、「ヒ」で始まるはず……。

一方、ヤバン諸島の民はそろって、毛深く大きな顔に、とまどった表情を浮かべていた。

だれも、ヒックだと気づいていないのだ。

こんなのバカげてる。ヒックは思った。いったい何をしているんだろう？　だって、ぼくを見てよ。なんてなさけない格好だ。自分がだれかもわからないのに、本当の王はぼくだ、といって、だれが信じてくれる？　ぼくは、大バカ者だ。あの小さな茶色いドラゴンに、だまされたんだ。

どろどろの地面に顔からつっこんだが、そのままでいることにした。

「オーディンファング、起きてる？」ヒックは小声できいた。

だが、小さなドラゴンは、いびきをかくばかりだ。こうなったら、ひとりでなんとかするしかない。

「ホグフライ、ぼくの名前はなんだっけ？『ヒ』がつくはずなんだけど」

「ひとで？　ひきがえる？　ひげじいさん？」ホグフライは、リュックのなかから外をのぞきみると、目を丸くした。人がたくさんいて、しーんと静まりかえっている。

ヒックは、よっぱらいのようによろめきながら、王座へと歩いていった。

「ぼくです。ヒ……ヒ……ヒ……」

そして、倒れた。どろどろの地面に顔からつっこんだが、そのままでいることにした。

もうこれ以上、がんばれないよ。

と、そのときだった。ストイックがかけより、ぼろぼろの息子をおしつぶさんばかりに強く抱きしめ、人目を気にせず涙を流した。

「ヒックじゃないか！　わしの息子のヒックだ。ヒック・ホレンダス・ハドック三世だ！」

「ヒック？」

「ヒック！」

「ヒック・ホレンダス・ハドック三世だ！」ドラゴンマーク軍は、いっせいにさけんだ。

バルハラ ラマは顔をぱっと輝かせると、ヒックにかけより、よろいをつけた胸にぐっと抱きよせた。

「ヒック！」その声には、誇りと喜びが入りまじっていた。

ヒックは、何がなんだかわからないというふうに目をしばたたいた。

だれだか思いだせない人たちが、うれしそうな顔で、ぼくを誇らしげに見ている。こんなことって、あるだろうか？

審判官の肩の上でうなだれていたトゥースレスは、目をぱちくりさせてヒックを見た。

夢？　夢じゃない！

「ヒック！　トゥースレスのごしゅじーん！」かん高い声をあげ、空中ででんぐり返り、ヒックに飛びつく。

そのあまりの勢いに、ヒックは、また倒れそうになった。顔中をぺろぺろとなめられて、息もできない。

「生きてたーーー！」トゥースレスは、ただでさえがんがんするヒックの頭の上でとびはねた。「生きてた、生きてた、生きてた！　生きてた、生きてた、生きてたーーー！」

なんとうれしい運命のどんでん返しだろう。バイキングたちは、声がかれるまで歓声をあげた。ヒックは生きていた！

アルビン側の兵士たちは、ヒックをさわって、生きているか確認した。

こんなことがあるだろうか？　ここにいる多くは、胸に矢の刺さったヒックが、ウィンドウォーカーの背中から海へ落ちるのを、その目で見たのだ。

そんななか、ギューギュー族のベリビシャスは、べつのことにおどろいていた。どんなにたくましい男にも弱みはあるものだが、ベリビシャスも例外ではなかった。それは、ちょっと前に、かわいがっていたコブタドラゴンが行方不明になったことだった。ほんとのところ、ベリビシャスは、世界がほろびることよりも、いなくなったコブタドラゴンのことのほうが心配だった。きっとどこかで、味方の矢があたって死んだか、ドラゴンの炎に焼きころされたかしたのだろう。そう思ったベリビシャスは、愛するドラゴンの死を悲しんで、腕に喪章までつけていた。

そんなわけで、ベリビシャスは、ホグフライを見ると、タトゥーの入った腕を広げて、大声をあげた。

「ホグフライじゃないか！　生きてたのか！」

金魚なみの脳みそしかないホグフライは、主人の存在など、いまのいままですっかり忘れていた。だが、本人を目にすると、リュックから飛びだし、抱きついた。

「ホグフライちゃん、毛むくじゃらのパパに会いたかったでちゅかー？」ベリビシャスが、カシラらしからぬ口調で話しかけ、ホグフライの耳のうしろをくすぐる。

一方、この展開をこころよく思わない者もいた。

「生きてただと⁉」魔女は、吐きすてるようにいった。

「そんな、まさか。不可能だ！」アルビンは、目の前にいる少年が亡霊ではなく、どういうわけかまた死をまぬがれたヒックだと知り、少し落ちつきを取りもどした。

「アルビンや、不可能なんてことはないんだよ。困難なことはあってもね」魔女がため息をつく。

「しかし、殺したはずじゃ？」

「おやおや、『殺した』なんて物騒な言葉を使うんじゃないよ」魔女は、審判官の顔色をうかがいながら、注意深く言葉を選んだ。「あれは、運が悪かっただけだ。戦争ってのは、味方を巻きぞえにしちゃうことがあるからねぇ」

「死んだはずなのに！」アルビンは、なおもあきらめきれないようすでいった。

「生きていようが死んでいようが、かまやしないさ。そいつは、なんでもない。ただのできそこない、まちがってできた子、失敗作さ！　これも、ゴーストリーのお得意のワナのひとつかもしれないねぇ。だけど、そいつが生きてたって、なんにも変わらないよ！」

「ヒック、ヒック、ヒック！」ドラゴンマーク軍の歓声が鳴りひびく。

バルハララマとストイックは、いそいそとヒックを審判官の前に立たせた。

「わしらのせがれ、ヒックです。この子こそ、真の西の荒野の新王です！」ストイックは、自慢気にいった。

審判官は骨ばった手で、とりがらのように細いヒックの右腕と、はれあがった左腕、そして、ずたずたのファイヤースーツにふれた。

「ヒックと申したな？　この古城にゆかりのある名だ」

「名前なんか関係ない！」魔女がほえる。

「ヒックよ」審判官は、気にせず続けた。「汝は、いましがた新王に名乗りをあげたが、失われし宝を持ちあわせてはおらぬようだ。にせの新王候補が、いかなる罰を受けるか、知っておるな？」

「死だ！　即刻処刑だ！」アルビンが、ここぞとばかりに口をはさむ。

「ヒックよ、申しひらきはできるか？」

「やめろ！」魔女が、あわてていった。「そのチビネズミに話をさせるんじゃない。口のうまいやつなんだ。だまらせろ！」

ヒックは、生つばを飲みこんだ。どう説明すればいいんだろう？　ヒーローズエンド島で小さな茶色いドラゴンに話を聞いたときから、ここが最大の関門になるのは、わかっていた。

失われし宝をひとつも持っていないのに、新王に名乗りをあげても認められるわけがない。

自分がだれかもわからないのに、どうやったら真の新王だと説得できる？

そのときだった。

《アルビンや、不可能なんてことはないんだよ。困難なことはあってもね》

さっき魔女のいった言葉が、ヒックの頭のなかにあるかたい結び目をほぐし、記憶をわずかに呼びおこした。

一メートルもはなれていないところに、しわくちゃのおじいさんが立っている。あのおじいさんから、ずいぶん前に、同じことをいわれなかったっけ？　ぼくにやさしくほほ笑んでいる、あのおじいさんは、だれ？　ぼくは、あの人を知っている。大切なことを教えてくれた人だ。
《わしらに限界があるとすれば、それは自らの想像力に限界を定めてしまったときだ》
肩の上の小さな緑色のドラゴンが、ピョンピョンとびはねた。
「ヒック、いえ、いえ！　なんでヒックが王になったほうがいいか、いえー！

自分だれか、いえ！」小さなドラゴンが、前足でヒックの顔をはさむ。ドラゴンの目とヒックの目が、まっすぐに合った。

「でも、本当にわからないんだ。きみのことだって、覚えてないんだよ」

「わからないって、どーゆーいみ？」トゥースレスは、ぽかんとした。「トゥースレスだよ！」

そのとたん、ヒックは思いだした。

「トゥースレス」という名前が、結び目の最後のからまりをほどき、記憶の扉が一気に開いたのだ。

あの日、あの場所で、あの冒険をして、トゥースレスと初めて出会った。あのときも、この目を見つめ、思わずくらくらしたっけ。

トゥースレス。

ぼくの大切な大切なドラゴン。

ヒックは、傷ついた表情の浮かんだ緑色の目をじっと見つめ、つぶやいた。

「トゥースレス」

トゥースレスだ！

ヤバン諸島一わがままで手に負えない、だけど最高にいとおしいドラゴン。

ヒックは、思いだしたよ、というふうにほほ笑み、大喜びする小さなドラゴンをぎゅっと抱きしめた。

それから、そこにいる人々を見まわすと、記憶がまたたく間によみがえってきた。

ストイック。ぼくの父さん。

バルハラマ。ぼくの母さん。

リンクリーじいさん、バギーバ

ム、ホットショット、十人のフィアンセ、裏切り者のアルビン、アルビンのお母さんの魔女エクセリノール。王の間のうしろのほうには、ダークシャドウがいる。「やったね！」と親指を立てているのは、フィッシュとカミカジだ。

そこには、数々の冒険をともにした人たちが、敵も味方もみんないた。ヒックは、はたして歴史を変えることができるのか——仲間は温かい目で期待し、敵は憎しみに満ちた目で恐れている。かつてヒックは、ヒステリー島で、空にほうりなげられた運命の両刃斧をつかみ、未来を変えた。（くわしくは、第四巻『氷海の呪い』を読もう。）一度できたことは、またできるはずだ。

名前がヒックだということも思いだした。ヒックならば、ひっくり返してやれ。

歴史をひっくり返すのだ。

と、そのとき、ふとバギーバムと目が合い、ヒックは、はっとした。バギーバムの息子のスノットが昨日死んでしまったのを、思いだしたからだ。そのことを、父親は、まだ知らない。悲しみがこみあげ、ヒックはうめき声をあげた。

スノット。自信家で人をバカにしてばかりいたいじめっ子が、最後に見せた勇気。スノットは、ヒックを王にするために自らの命を投げうった。

スノットの死を無駄にしてはいけない。

やらなければ。

ゴクリとつばを飲む。

失われし宝はない。

だが……。

記憶が、洪水となっておし寄せてきた。宝を見つけた十の冒険の記憶だ。そのときは、宝を手に入れたことにも、冒険をしていることにも、気づかなかった。

「たしかに、ぼくは手ぶらでこの島に来た」説得できるかどうかはわからなかったが、ヒックは、震える声で切りだした。「失われし宝は、ひとつも持っていない。だけど、宝を集めることで、何を学んだのかはいえる」

「そいつにしゃべらせるな！　だまらせろ！　こざかしいネズミの思いどおりにさせるな！」魔女はうろたえた。

「宝をさがす冒険を通して、学んだことをお話しします」

ヒックは、魔女を無視して続けた。

「一、きばのないドラゴンを手に入れたときには、恐怖やおどしで相手を思いどおりにすることはできない、と知りました。
二、剣。ときとして、二番こそ一番である、ということを学びました。
三、盾。自由は、戦ってでも手に入れるべきだ、ということ。
四、夢の大陸の矢。友だちのための闘いは、自分のための闘いでもある、ということ。
五、ハートの宝石。愛は、永遠だ、ということ。
六、チクタクと音の鳴る装置。新しい世界をめざす前に、いまいる世界を大切にする。
また、さがしているものは、あんがい近くにある。
七、どんな錠も開けてしまう鍵。すべては、理由があって起きる。
八、王座。権力は、いつかは手放さなければならない。
九、王冠。だめだとわかっていても、挑戦することが大切。
そして、十番目。ドラゴンジュエルをさがす冒険では、王になるには、奴隷の気持ちを知らなければならない、ということを学びました」

長い長い沈黙が流れた。

これらの冒険はどれも、少し前まで、なんのつながりもないように見えた。ヒックの舟〈ウミスズメ丸〉が、あっちにふらふら、こっちにふらふらするように、無駄にさえ思えた。

だがいま、こうしてすべてがあきらかになると、ひとつの意味がくっきりと浮かびあがる。

王になるための修行だ。

「すごい！」シズカ族のひとりがいった。

「すごいもんか！　いいかい、重要なのは、ヒックは失われし宝を持ってないから、王になれないってことだよ。なんどいったら、わかるんだい？　そりゃ、宝を見つけたのはヒックかもしれないが、ちゃんとした理由があって、アルビンの手にわたったんだよ。ほら、見てごらん。あたしたちの美しい世界が、あんなになっちまったじゃないか」魔女は、骨と皮だけの指で、炎に包まれている島々をさし示すと続けた。「ドラゴンたちは、何がなんでも、人間をほろぼす気だ。ドラゴンジュエルを使ってドラゴンを倒す勇気があるのは、アルビンだけさ。そのおチビさんは、手ぬるいんだよ。フュリオスを説得しようなんて、甘いね！」

「フュリオスは、ばけものじゃない！」ヒックはさけんだ。

「心を動かすことは、できるはずだ。それに、たとえ失敗に終わるとしても、大切なドラゴンたちを助ける努力はすべきだ」

審判官は、だまって話を聞いていたバイキングたちに向きなおった。

「ヤバン諸島の民よ、意見を聞かせてくれたまえ」

口火を切ったのは、バルバル族のバーバラだった。

「ヒック、あんたについていきたいとは思うけど……。ダークハート監獄で、あたしらの多くは、ドラゴンマークを額につけ、誓いをたてた。冒険や活躍については聞いてたから、あんたこそが世界を変えてくれる運命の子だと期待した。

だけど、あれから一年がたっちまった。戦争は続き、あたしらは、何もかも失ったよ。ドラゴンに、愛する人たちを殺され、家を破壊され、山を切りくずされたんだ。あいつらは、人類がほろびるまで、手をゆるめないだろう。いまの気持ちを正直に告白するよ。あたしはね、バイキングだってのに、怖いんだ」

バルバル族のバーバラと
黒ネコのムテッポウ

これは、そこにいるみんなの気持ちだった。恐れを知らないはずのバイキングが、おびえている。命だけではなく、この世界も失うことを。

「ヒック、よっぽど運がよくなくちゃ、あんたに勝ち目はないよ」バーバラは、もうしわけなさそうに話をしめた。「もしかしたら、アルビンについていくしか、道はないのかもしれない。だからこそ、運命は、アルビンに失われし宝をわたしたんじゃないのか？」

だれがバーバラを責められるだろう？　同じような状況にいたら、だれでも同じことをいうのではないだろうか。

人々は、故郷を失い、飢えている。戦争で身も心も焼きつくされ、自分を見うしないかけている。すっかり希望をなくし、たどり着いたのは、絶望という場所。いったん絶望にのみこまれたら、なかなかぬけだせないものだ。

ドラゴンがこの世からいなくなるのはいやだった。なんといっても、大切な相棒だ。ドラゴンに乗って宙を舞い、髪をなびかせる風を感じ、空から地上を見わたして初めて、生きていることを実感できるといってもいい。

だが……。

みんなは、バイキングだというのに、恐怖を感じていた。

「アルビンを王に！」あるケダモノ族がほえた。

「アルビンを王に！」ウカレ族のひとりが続く。

シズカ族やトンマ族、ノンキ族などの、どちらかというとおだやかな民族たちも、賛成はしないものの反対もしなかった。だれもが、飢え、疲れ、絶望しているのだ。

審判官は、おだやかな顔でヒックを見た。

「幼き者よ。宝さがしを通じて、得たものは大きかったようだ」審判官の声には、できるものならヒックを選びたい、という気持ちがこもっていた。「平和な時代であれば、汝はすばらしい王になったことだろう。だが、戦下の王は、心を鬼にしてでも、むずかしい決

断をし、民を守らねばならぬ」

この物語でくり返し語ってきたことだが、重要なので、もう一度いわせてほしい。

《ふつうの人は、王やヒーローのようにむずかしい選択をしなくていい分、幸せだ》

「運命およびゴーストリーのご意志に従うしかあるまい」審判官はいった。「土になるためには、ゴーストリーの定めた具体的な証拠がいる。つまるところ、汝はそれを持っていないのだ」

「ちがうんです」ヒックはあせった。「ぼくが、王にならないとだめなんです。そうじゃないと、スノットが――」

「そこをどくのだ」

「ちょっとちょっと、審判官様、それですますおつもりですか？」アルビンが、歯ぎしりをした。「この際、守り魔にやっつけてもらいましょうよ」

審判官は、ヒックをそっとわきにのけ、両腕をコウモリのように広げると、声をひびかせた。

「運命の女神よ、暗黒の力よ、地上におりたまえ！」

11 ふたり目のじゃま者

「すみません！」

王の間のうしろで、ざわめきが起きた。アメンボみたいなやせっぽっちの少年が、守り人たちに引きとめられている。

「すみません、審判官様！」フィッシュは身をよじり、ふりきろうとした。

「厳粛な戴冠式を重ねてじゃまするとは、いったい何者だ？　百年ぶりに新王が誕生しようとしておるのだぞ」審判官は、むっとした。

すると、魔女がかん高い声で口をはさんだ。

「そいつは、だれでもない！　取るに足らないやつだよ。ヒックとおんなじ、できそこないさ。ほっとけばいい」

「ぼくの名前は、フィッシュです。ヒックこそ王だという、ゆるぎない証拠を持っています。ゴーストリー自らが書いた手紙です！」フィッシュはさけんだ。

ゴーストリー自らが書いた手紙⁉

最後の最後になって、運命の女神は、ヒックの願いを聞きいれ、味方をしてくれたのだろうか。

「ほんと？」ヒックは息をのんだ。

「その少年をはなしなさい」審判官が、守り人たちに命じる。

フィッシュは、イセエビのワナかごでつくったリュックから、ぼろぼろの手紙を取りだし、王座に近づいた。（かしこい読者なら、これが、第二巻『深海の秘宝』に出てきた手紙だと、ぴんときただろう。）ところどころ、ドラゴンのカギづめに引きさかれ、火山の溶岩で焼けこげ、ニョロニョロドラゴンのよだれでしわしわになっている。ヒックやフィッシュとともに、数々の冒険をくぐりぬけ、生きのびた手紙だ。はしがすりきれたり、こげたりしていたが、読むのに問題はなかった。

「この手紙は、深海の洞窟で、ゴーストリーの財宝といっしょに見つけたんです。ヒックは置いていこうといいましたが、ぼくがこっそり持ちだしました。いつか、ヒックがモジャモジャ族の跡継ぎにふさわしいことを証明するのに、役に立つと思ったからです」

フィッシュは、メガネをずらし、ひびの入っていない部分で見た。

「ここです。ゴーストリーは、こう書いています」

ドラゴンを友とし、剣さばきがたくみで、
怪物とは言葉で戦い、トール神の御心を理解する者……
その者こそ、わしの秘宝を見つけ、
未来のカシラとなれ。

ドラゴンを友とし、剣さばきがたくみで、
怪物とは言葉で戦い、トール神の御心を
理解する者……
その者こそ、わしの秘宝を見つけ、
未来のカシラとなれ。

「ドラゴンを友とし、怪物と言葉で戦えるのは、ヒックだけです。ドラゴン語を話せるのは、ヒックしかいませんから」

これは、ゆるぎない証拠だ。疑いようがない。

「そのヒックという子は、ドラゴン語を話せるのかね？」審判官は、おどろいたようにきき返した。

恐怖や飢え、絶望で、かたくなになっていた人々の心が、少しだけ動いた。つぶやき声がさざ波のように広がる。

ゴーストリーは、ドラゴンを友とし、剣さばきがたくみな新王をお望みだったのか？ ゴーストリーの意志は、ヒックを跡継ぎにすること？ 大どんでん返しだ！ そうとなれば、この少年が王になる可能性もあるんじゃないか？

「こりゃ、びっくりだ」

「だが、いいとこついてるぞ。ヒックは、ドラゴン語が話せるじゃないか。ほかに話せるやつはいない」

「なにいってんだい！」魔女は、半狂乱になってさけんだ。「ドラゴン語なら、うちのアルビンだって、ちょっとは話せる。それに、『トール神の御心を理解する者』って部分はどうなんだい？　そうかんたんに神と仲よくなれるもんか」

「ヒックは、なれた！」フィッシュが、興奮ぎみに口をはさんだ。「船に乗って冒険しているとき、ヒックは、ナットジョブにマストのてっぺんまで追いつめられ、トール神様に助けを求めたんだ。そしたら、稲妻が落っこちてきて、ナットジョブの斧を直撃したんだぞ！　トール神様は、ヒックの願いを聞きいれたんだ。なぜなら、ヒックは、トール神の御心を理解する者だからだ！」（くわしくは、第七巻『復讐の航海』を読もう。）

「へんっ、そんなんで、神の心を理解したことになるんなら、あたしにだってできるね。あらしのなかで、金属製のとがったものを持ちゃいい」

だが、もはや、だれも魔女の話を聞いていなかった。

うしろのほうで、ベアカブというサマヨイ人の少年がさけんだ。

「それ、覚えてる！　夢の大陸に向かってたときのことだよね？　あのとき、ヒックは、奴隷にされたサマヨイ人を救いだしてくれたんだ。ぼくも船に乗ってたんだよ。ヒックは、命の恩人だ！」

ベアカブのおねえさんのエギンガルドも声をあげた。

「わたしも！　わたしもヒックに助けてもらったわ！」

ほかのサマヨイ人が、次々とあとに続く。

「わしも！」

「あたしも！」

「オレも！」

魔女は、歯ぎしりをした。

「ああ、まただ……。また、これだ」

だが、もうおそかった。

バイキングは、ひとりまたひとりと、ヒックの武勇伝を語りはじめた。

「さっきの稲妻の話だけど、ヒックって、ほんとに頭がいいんだねぇ」

「そのとき、ヒックは、民族交流水泳大会で優勝した

んじゃなかったっけ？　三か月も帰ってこなかったんだよな？　ゴーストリーの記録と並んだらしいぞ」

「ゴーストリーと並んだ？　そりゃ、何かの暗示だ」

「絶対に何かの暗示だ」

「暗示なもんかい！」と魔女。「ゴーストリーもヒックも、ずるをしたに決まってる！」

「ゆるぎない証拠なら、まだあります」フィッシュがいった。

「だれか、このうるさいガキをだまらせろ！」

「ドラゴンジュエルのありかがわかったのは、ゴーストリーの遺言状のうしろに地図があったからなんです。遺言状は、ダークハート監獄であやうく灰になりかけましたが、ヒックが守り、そのあと、ぼくがあずかりました。ここにも、きっと証拠がかくされているはず

です」

「ゴーストリーの遺言状となっ？」審判官が、聞きかえす。「なぜいままで、だまっておった？　読んできかせたまえ！」

フィッシュは、みんなに見えるよう、遺言状をかかげた。

「『真の跡継ぎに、この秘剣を残そう。ストームブレードは、少し左にそれるクセがある。物の価値は、見た目だけではわからない』」声に出して読みあげる。「それから、この上には、秘密のメッセージが書かれていたんです。『勇気を持て。大事なのは外見よりも中身だ。まだ終わりではない。わしを信じろ。この地図をたよりに、ドラゴンジュエルをさがしだせ』って」（最初のメッセージは、第二巻『深海の秘宝』に出てくる。二番目の秘密のメッセージは、第九巻『運命の秘剣』で、モウドクドラゴンの毒にあぶりだされて現れた。）

「へぇー」バイキングたちは、しきりに感心した。「『物の価値は、見た目だけではわからない』だってよ。こりゃ、ヒックのことをいってるにちがいねぇ。だって、ヒックの見た目ときたら……」

「それに見ろ！　アルビンの剣は、ストームブレードだぞ！　ゴーストリーが一番大切にしてた剣じゃない。ってことは、アルビンは、王じゃないってこった！」

「見てごらんよ。あたしの黒ネコがヒックを選んだぞ。これも、暗示だ！」バーバラがそういったのは、頭の上からムテッポウが飛びおり、のどを鳴らしてヒックの足にすり寄ったからだ。

「ネコに王を決められてたまるか！　そんなもの、暗示じゃない！」

だが、魔女がどんなに悪あがきをしても、流れは止められないところまできていた。

伝説は、こうやって始まる。

人々は、ヒックの冒険の話を聞き、助けられたことをいろいろと思いだした。

「あたいなんかさ、三回もヒックに命を救われたかんな。ローマ軍の天牢に入れられたときと、ヤジュウ島で木のなかに閉じこめられたとき、それから魔女につかまったときさ！」カミカジは自慢した。

「ぼくは、断崖絶壁を登って、フラッシュバーン剣術学校に行こうとしていたとき、助けてもらったよ」と、モジャモジャ族の少年。

「ぼくも！」

「わたしも！」

「おいらも！」

次々と声があがる。

「ヤジュウ島のケダモノの生贄になるところを、ヒックくんが救ってくれたんだ」そう声をそろえていったのは、もちろん十人のフィアンセだ。

「バーク島でグリーンデスに襲われそうになったのを、助けてもらった」とトンマ族。

「故郷の島を出て、ここまでにげてこられたのも、ヒックがハメツドラゴンを退治してくれたからだ」と、ヒステリー族がいえば、

「そういえば、火山が噴火した、あの長い灼熱の夏、Xターミネーターを退治して、ヤバン諸島を救ってくれたよね」と、モジャモジャ族がいう。

状況というのは、潮の流れのように、あるいは風向きのように、ふいに変わるときがある。ちょっと前まで、猛烈な勢いで流れていた潮が、あるいは、吹いていた風が、何かのきっかけで——たとえば、フィッシュが、運命の女神さながらの声で演説をふるい——ぴ

たりと止まる。すると、べつの声がたたみかけるようにあがる。声、声、声につぐ声。するととつぜん、潮の向きが、あるいは、風の向きが、逆方向に変わるのだ。それも、止めることのできない、圧倒的な勢いで。

腹をすかせ、絶望していた人々は、いやでもアルビンに従うしかなかった。だが、ゴーストリーの手紙や遺言状、そして何よりもヒックが生きていたという事実に、ふたたび希望の光を見た。

バイキングは、ヤバン諸島の風に似て気まぐれだ。だから、まったく正反対のことを、とつぜんいいだしたりする。

魔女は、あわててアルビンをせっついた。

「ほら、おまえだって、最近、ひとつやふたついいことをしただろ？　なんでもいいから、いってみな」

「えーっと……うーんと……先週から、奴隷をたたく回数をへらしました。手にマメができてしまって……」

「だれかの命を救ったことはないのかい？」

「だって、母さん、自分自身の命を守るだけで、手いっぱいだったんですよ。自分でいうのもなんですが、ずいぶんと華麗に死をまぬがれてきたじゃないですか」

そのあいだにも、ゴーストリーの古城では、バイキングたちが、ヒックの活躍を語りつづけた。話はどんどん大げさになり、ヒックは、あっという間に超人的な英雄にまつりあげられた。大むかしから、話には尾ひれがつくものだ。

アルビンに忠誠をつくしてきたギューギュー族のベリビシャスでさえ、くずれた柱に飛びのり、はしゃいでいるホグフライを、値打ちのある骨董品であるかのように両手でうやうやしくかかげ、声を張りあげた。

「ヒックは、おいらのホグフライを、冥界ヴァルハラから連れもどしてくれた！」

このひとことは、みんなの気持ちをいっそう盛りたてた。

ヒックは、冥界に行って、死者を連れもどすこともできるのか？　この子なら、奇跡を起こし、ドラゴンをほろぼすことなく、戦争を終わらせてくれるかもしれない！

「もしヒックが運命の子なら……もしヒックがゴーストリーの真の跡継ぎなら、フユリオスと話しあい、人間とドラゴン両方を救えるかもしれない。冥界からもどってこられるくらいだ、きっとなんでもできる」

「ヒックは不死身だ。矢が胸をうちぬいたのを、オレはこの目で見たんだ」忠実なアルビン兵までもが、首を横にふりながら、信じられないといったようすでつぶやく。

これは事実ではなかったが、人間というのは、聞きたいことしか聞かないものだ。つまり人々は、事実ではなく、聞きたいことを口にしていったのだった。

「ヒックは、ヴァルハラに行って、もどってきたんだ。そんなことができるのは……よし、オレは、地のはてまでも、ヒックについていくぞ！　ヒックを王に！」

「ヒックを王に！　ヒックを王に！　ヒックを王に！」

魔女は、金切り声をあげた。

「うるさーい！」足をふみならしながら歓声をあげるバイキングたちに向かって、ほえ、かみつき、怒りくるった。「バカいってんじゃないよ。おまえたち虫けらに、王を決められてたまるか。ここがどこだと思ってるんだい？　どっかの共和国じゃないんだよ。独裁ばんざい、運命ばんざい！　次の王を決めるのは、目かくしした、そのおっかないじいさんさ。おまえらじゃない。おまえも、おまえも、おまえも、だまれー！」

「ヒックを王に！　ヒックを王に！　ヒックを王に！」

「だから、だまれっていってんだ！　目かくしじいさんを怒らせてみろ、冷酷な守り魔が出てきて、おまえたちまるごと、宇宙のちりだぞ！」

「ヒックを王に！　ヒックを王に！　ヒックを王に！」

「審判官どの」バルハララマが口を開いた。「民のご意志をどうお考えですか？　以前、わたしはダークハート監獄で、王を選ぶ権利は民にある、と申したことがあります。そのとき、みんなに投げかけた問いを、ここでくり返しましょう。奴隷を認め、ドラゴンを皆殺しにしようとしている、裏切り者のアルビンを王としますか？　それとも、よりよい世界を築く希望をあたえてくれる、わたしの息子ヒックを王としますか？」

「みんなの意見なんて、どうでもいいんだ」魔女は、歯ぎしりをした。「前にもおまえは、奴隷マークを自分でつけて、勝手にドラゴンマークだといいはり、みんなをそそのかしたね」

「ヒックも、ドラゴンマークをつけておるのか？」審判官が興味深そうにきいた。「ゴーストリーも、人生の最後に後悔の印としてドラゴンマークをつけた、と聞く」

「まさか、それも何かの暗示だっていうんじゃないだろうね」魔女の顔は、あまりのいら立ちに、むらさき色になっていた。「黒ネコだのなんだの、迷信はもうたくさんだ。これは、運命が決めることだ。人間の未来がかかってんだよ。神々のご意志に従えばいいんだ！」

「ヒックを王に！　ヒックを王に！　ヒックを王に！」

審判官は、おもむろに両腕を広げた。

「魔女のいうとおりである。我々は、神々のご意志に従わねばならぬ。静粛に！」

ヤバン諸島の民が、いっせいに口をつぐむ。

審判官は、まるで生贄を捧げるかのように、王冠を天の神々に向かって持ちあげた。

その右横にアルビンが、左横にヒックが立っている。

「運命の女神よ、暗黒の力よ、地上におりたまえ！　ここに、新王候補来たり。ここに、とき来たり。されども、現るは英雄ふたりにして、王冠をいただく頭は、ひとつなり。ゴーストリーの亡霊よ、西の荒野の新王を教えたまえ。神々のご意志を知らしめたまえ」

長い長い沈黙が流れた。空ではあらし雲が、怒声をあげ、稲妻を放っている。

くずれた古城で、バイキングたちは、息をひそめた。

キリサキ湾のドラゴンたちまでもがだまりこむ。

審判官は、ときおり、ゆっくりと体をゆらしたり、がたがたと震えたりした。まるで、風や稲光を通じて、神々やゴーストリーの亡霊からメッセージを受けとっているかのようだ。

審判官は、どうやら守り魔ともやりとりをしているようだった。まわりのドラゴンたちは、頭を胸にうずめて、前足で耳をふさいでいる。おそらく、審判官と守り魔は、ふつうの人間には聞こえない周波数で会話しているのだろう。

しばらくすると、審判官はつぶやいた。

「何？　それは、本当か。ふむ、そうだったのか。おまえたちの目は、我が目よりすぐれておる。おまえたちの意見を尊重するとしよう」

審判官は、なかなか口を開かなかった。右横にアルビン、左横にヒックが立っている。待つ時間が、永遠に感じられた。

審判官が、右手をアルビンの肩に、左手をヒックの肩に置く。その姿は、まるで年代物の天秤のようだ。

と、そのとき、信じられないことが起きた。目を見はる、決定的なできごとだった。

みんなは、フィッシュの示したゆるぎない証拠に、じゅうぶん納得していた。あとは、その選択が正しいことを、神々が認めてくれるだけでよかった。

はたして、神々は、認めてくれた。

ふいにヒックの体が、ゆっくりゆっくりと宙に浮いたではないか！　種もしかけもない。まるで、目に見えない大いなる存在に、持ちあげられているかのようだ。

奇跡だ！

つばさがないのに飛んでいる！

これこそ神々の答えだ！

もちろん、これには、種もしかけもあった。何千びき、いや何万びきという小さな小さなナノドラゴンが、古城のまわりのしげみや草のあいだなど、秘密のすみかからやってきて、小さな足で、ヒックのぼろぼろのファイヤースーツをつかみ、空へと持ちあげたのだ。

ヒックは、体を見おろし、目を丸くした。目をこらさないと見えないほど小さなドラゴ

ンが、ブンブンと羽音をたてながら、体中にくっついている。

「ミニミニ大魔王（だいまおう）……」

ミニミニ大魔王（だいまおう）は、ナノドラゴンの王様だ。ヒックは、前にこのドラゴンの命を救ったことがあったのだが、もう長いこと会っていなかった。それが、まさかこんな重大な場面で、どこからともなく現れたナノドラゴンたちに、恩を返してもらえるとは。ヒックは、鳥肌がたった。

「おまえはオレたちに、ちっとも気づいてないが、オレたちは、いつもおまえを見てたんだ！」大魔王は、ヒックの心を読んだかのようにいった。助けてやったといわんばかりの、ものすごくえらそうな口調だ。

一方、ヒック以外には、ナノドラゴンは見えなかった。だから、みんなは、奇跡だと思ったのだ。これこそ、神々のご意志だ。決定的な証拠だと。

「奇跡だ！　奇跡が起きた！」

「わっ！　トール神様が、毛深い手でヒックをつかんでいるのが見えるぞ！」想像力が豊かすぎるウカレ族がさけぶ。すると、その妄想はたちまち事実となり、ほかの人たちの目にも見えはじめた。

バイキングたちは、大喜びした。

「ヒック！　ヒック！　王は、ヒックだ！」

ナノドラゴンは、ヒックを地上から高く持ちあげると、そこで止まった。

「これぞ、決定的な証拠だ……」審判官がつぶやく。

ナノドラゴンは、ヒックをそっと地上におろした。

運命は決まった。世にも恐ろしい守り魔と小さな小さなナノドラゴンが決めたのだ。

だがそれは、起こるべくして起こったともいえる。

ようやく、審判官は、まるで別世界からのメッセージを読みあげるかのように、おごそかに審判の言葉を口にした。

「この王冠を授かる者は、永遠の王なり。

この王冠を授かる者は、その命を民に捧げるなり。

この王冠を授かる者は、いかなるときも掟に従うなり。

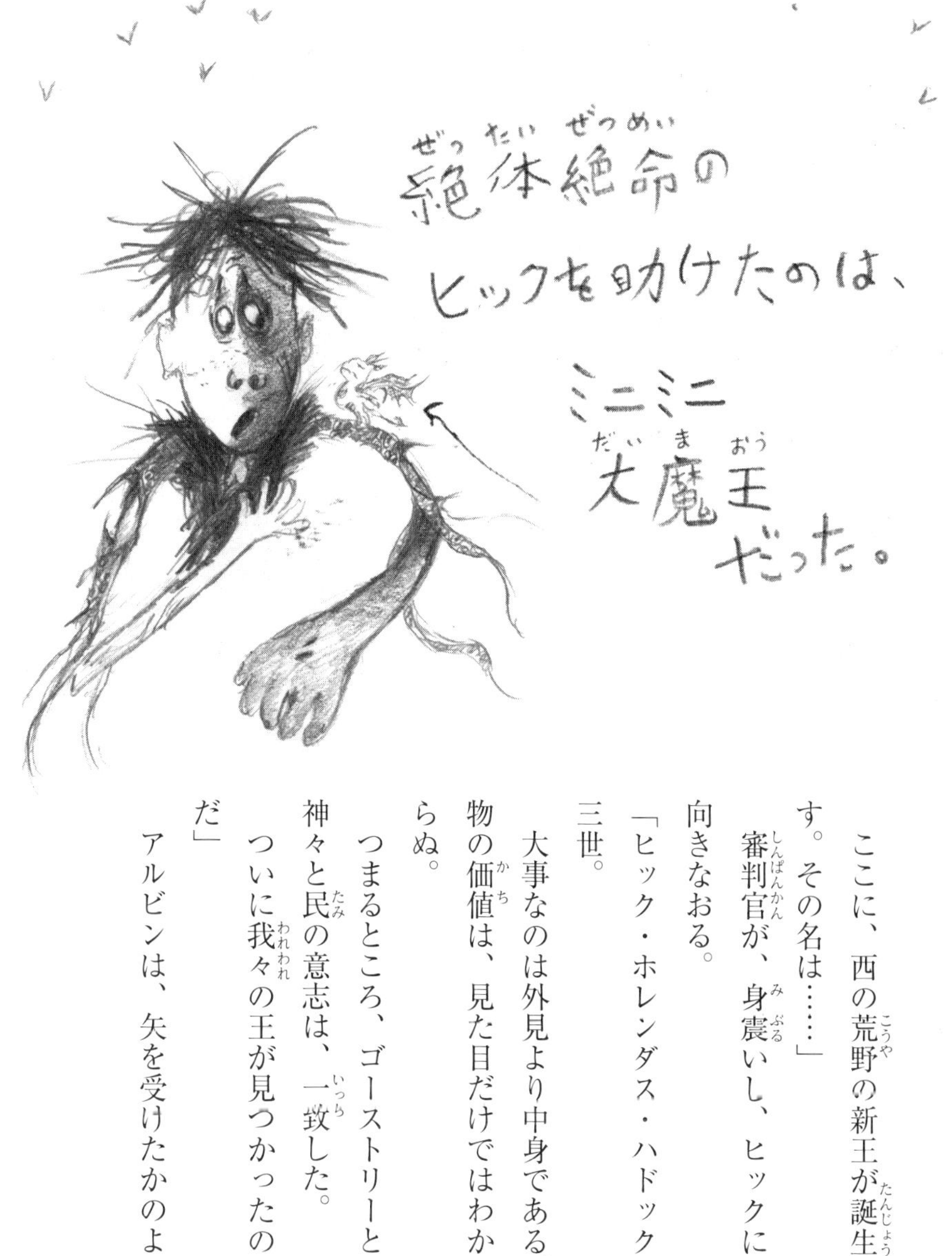

ここに、西の荒野の新王が誕生す。その名は……」

審判官が、身震いし、ヒックに向きなおる。

「ヒック・ホレンダス・ハドック三世。

大事なのは外見より中身である。物の価値は、見た目だけではわからぬ。

つまるところ、ゴーストリーと神々と民の意志は、一致した。

ついに我々の王が見つかったのだ」

アルビンは、矢を受けたかのよ

うによろめいた。

魔女の絶叫が、ひびきわたった。

「ぐわぁーーーーーー！」

ぐわあー

12 戴冠式

ヒックの耳もとを飛んでいるのは、ナノドラゴンの王様だった。

赤い体に黒いてんてんがある小さなドラゴンといえば、ミニミニ大魔王しかいない。最後に見たときより、ちょっと年をとったように見えたが、お高くとまった感じは、あいかわらずだった。

「フュリオスが、どんなにでかいか知らないが、オレ様にいうことをきかせようったって、そうはいかない。そうだろ、筋肉がぜんぜんないぼうず？　なんてったって、オレ様は、北部草原の暴君、〈ワラビ村の大惨劇〉や〈ヒースの大事件〉の黒幕、たぐいまれなる支配者だからな！　オレ様が、いいなりになると思ったら、大まちがいだい！」

「ほんとだね」ヒックは答えた。

ミニミニ大魔王のいうとおりだ。

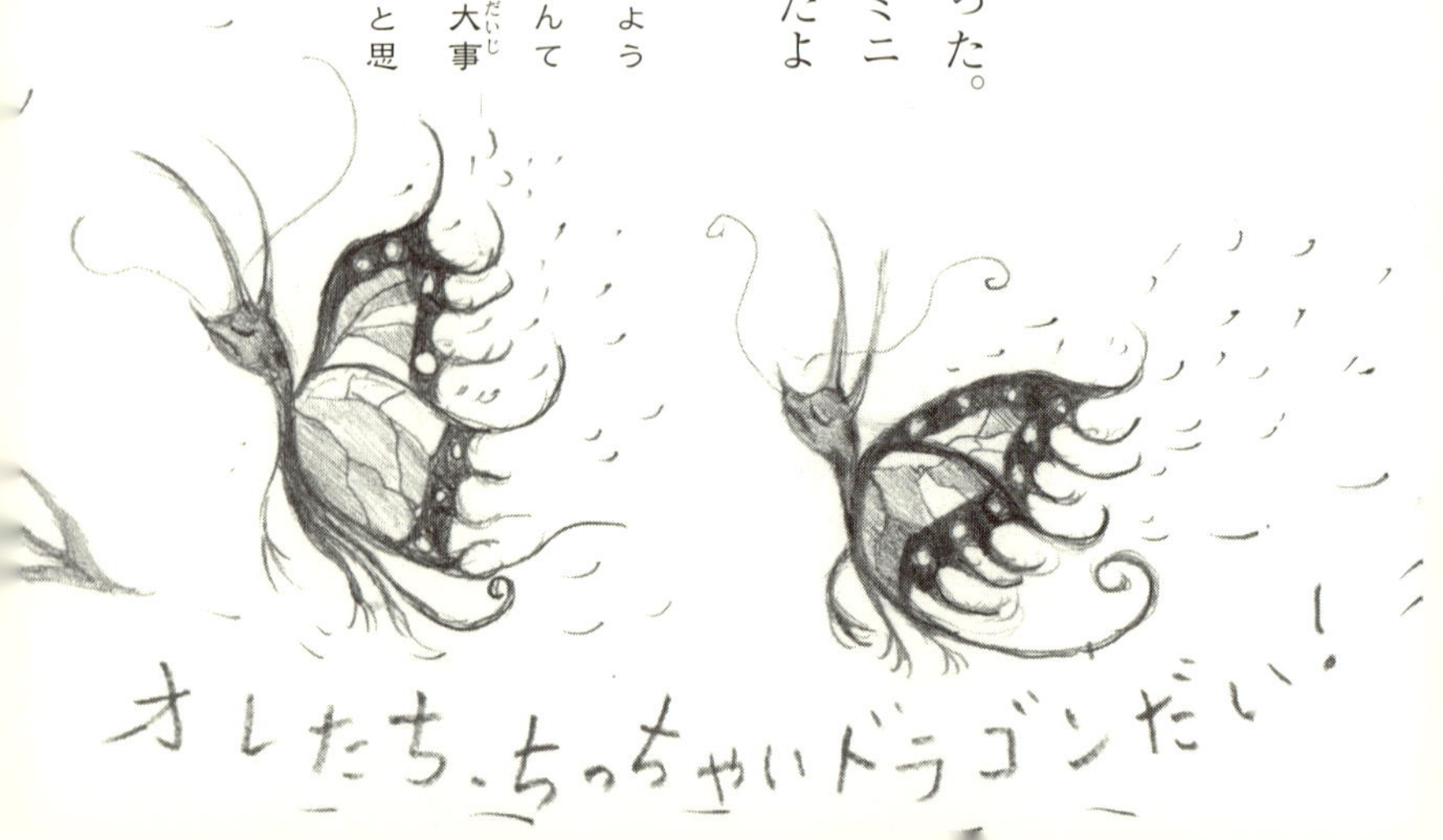

世のなか、小さき存在を見くびると、必ず痛い目にあう。なぜなら、小さきものこそ、世界をひっくり返すことが、よくあるからだ。

「フュリオスの反乱に反乱だ！　でっかいドラゴンは、いばりすぎだ。だいたい、反乱ってのは、宇宙の中心にいるやつが起こすものだろ。で、宇宙の中心っていえば、オレ様ってわけ。フュリオスめ、思いしらせてやる」大魔王は、ふんっとバカにしたように鼻を鳴らすと、ヒックのお礼の言葉もろくに聞かずに、ぶつぶつと続けた。「わかってるって。オレ様は、偉大で、かっこよくって……」

ナノドラゴンたちは、羽音をたてながらヒックからはなれ、スズメバチの大群のようにそばの木に群がった。そしてしばらくすると、こんな言葉を残して、現れたときと同じくらいとつぜん、姿を消した。

ヤバーい　諸島の運命をまたまた決めるのは.

「ヤバン諸島の運命をまたまた決めるのは、オレたち、ちっちゃいドラゴンだい！」

ひどく興奮していた人々は、ナノドラゴンに、まったく気がつかなかった。

一方、アルビンは、王座をはなれると、小さな子どものように、母親の肩に顔をうずめて泣きだした。

「母さん、あいつ、またずるをしたよ。見たでしょ？　小さいドラゴンを使って……」

「見たさ、ぼうや。あたしも見たよ」魔女エクセリノールは、歯ぎしりをした。「だがね、あいつの上をいくずるをすればよかったんだ」

審判官が、右手をあげた。

「静粛に！　この子は、まだ正式な王ではない。王になるには、誓いをたててもらわねばならぬ」

ヒックは目もあてられない姿をしていたが、できるかぎり胸を張ると、ぼろぼろのファイヤースーツを風になびかせながら、足を引きずって王座へと近づいた。

審判官は、ゴーストリーの失われし宝を、ひとつひとつヒックに手わたした。

「ヒック、右手をあげよ。王としての生をまっとうすると誓うか？　自らの命を民にさしだすと誓うか？　民ひとりひとりを尊重し、平等と正義の名のもとに、この地を統べることを誓うか？」

ヒックは、だまって見まもっているバイキングを見まわした。荒れた空、炎に包まれた島々、そして、遠くのキリサキ湾で最終決戦を待ちのぞんでいるドラゴンの大群に、目を移していく。

王になる実感が、じわじわとわいてくる。

冒険が始まったばかりのころ、ヒックは、モジャモジャ族のカシラになることを恐れていた。それが、いつの間にか、はるかに重い責任を背負うことになったのだ。ヒックが正しい道を示すのを、筋骨たくましい大の大人たちが期待している。みんなの命は、ヒックにかかっていた。

命の重みは、スノットが死んだときに思いしった。大切な人との永遠の別れが待っているかもしれない。

それが、戦争だ。

失敗は、すべてヒックのせいになる。

ヒックの首には、勇気の象徴、ブラックメダルがかかっていた。スノットの形見だ。いまほど、勇気が必要なときはない。ヒックは、メダルを強く強く握りしめた。

「ヤバン諸島の民よ」ヒック・ホレンダス・ハドック三世は、切りだした。「昨日、いとこのスノットは、自らの命を捧げ、ぼくを助けてくれました」

父親のバギーバムが、悲痛な声をあげた。

「スノットは、ぼくのファイヤースーツを着て、ぼくのかぶとをかぶり、ぼくのフライングドラゴンに乗って、アルビン軍に向かっていったんです。そして、矢を胸に受け、身代わりになって死にました。こんな勇敢なことって、あるでしょうか？

スノットは、最高のヒーローです」

どよめきが起き、魔女が金切り声をあげた。

「まさか！　スノットは臆病者だ。裏切り者の虫けらだ。おまえを心から憎んでたはずだ。あいつは、おまえをあたしたちに売ったじゃないか！」

「でも、最後の最後に、ヒーローになることを選び、ヒーローの名にふさわしいことをした。スノットは、敵に向かっていく前に、額にドラゴンマークをつけてくれ、とぼくにたのんだ。ぼくたちの偉大なる仲間だ、と証明してくれたんだ」

バギーバムは、むせび泣いた。悲しみに打ちひしがれると同時に、ヒーローとして死んでいった息子を誇りに思う気持ちでいっぱいになる。一瞬のうちに、バギーバムは、わが子を失い、取りもどしもしたのだ。

スノットを教えていたゴバー教官の目にも、涙があふれた。

「なんて勇敢で、りっぱなやつだ！　おいらが目をかけていただけある。スノットは、バイキングの鑑だ！」

「スノットはヒーローだ！」あるギューギュー族がさけぶと、人々はせきを切ったかのようにスノットコールを送った。

「スノットはヒーローだ！　スノットはヒーローだ！　スノットはヒーローだ！」

ヒックは続けた。

「なぜスノットは、命を投げうってまで、助けてくれたのでしょう？

それは、ぼくが王になる、と信じていたからです。スノットは、こういいました。この言葉を一生忘れません。『おまえは、理想の王じゃないかもしれねぇけど、必要な王なんだ』と。そして、忠誠を誓い、剣をくれたんです。

だから、ぼくは、何がなんでも王になる。

スノットの名誉にかけて、王冠をつつしんでお受けします。

なぜなら、スノットは、信じてくれたからです。友だちの死を無駄にはしません。王になれば、スノットは、ぼくの心のなかで生きつづけることができます。いっしょに、前に進み、決断するのです。

王の誓いをたてる前に、みんなに伝えたいことがあります。スノットにも、いったことです。

できることなら、王にふさわしいりっぱな人間になりたい。けれど、ぼくは、ぼく以上の何者にもなれない。でも、ぼくは、思っていたよりも強いみたいなんです。だから、たぶん、だいじょうぶ。王になれる。スノットがなれるといったんだから、なれると信じます」

ヒックは、そこまで一息にいうと、審判官のほうを向いた。

右手をあげ、宣誓する。

「わたくし、ヒック・ホレンダス・ハドック三世は、王としての生をまっとうすると誓います。自らの命を民にさしだすと誓います。民ひとりひとりを尊重し、平等と正義の名のもとに、この地を統べると誓います。

わたくしはまた、ドラゴンと人間が共存できる王国を築くと、誓います。奴隷制度をなくし、だれもがヒーローになれる社会をめざします。命あるかぎり、その努力を続けます」

「新王誕生、ばんざい！」人々が、歓声をあげる。いま、自分たちが何者かを思いだした。ヒーロー、バイキングのヒーローだ。

審判官は、ヒックの頭に王冠をのせた。

「守り人、守り魔、運命の女神、トール神、ゴーストリー、そして、ヤバン諸島の民よ。ここに、西の荒野の新王、誕生なり！」

王冠は、ヒックに大きすぎたのか、少しずり落ちた。

重かった。

ヒックは、審判官に王座に座るよううながされたが、断った。

「ごめんなさい。王になれたのはうれしいけれど、王座には、座りたくありません。呪わ

れているから」

　いわれてみれば、そのとおりだ。王座は、つねに邪悪な気を放っていた。まだかすかに残る、ヒック二世の茶色い血痕のせいだろうか。そうかもしれない。

　新王の誕生は、古いしきたりを破るいいチャンスだ。

「代わりに、この大きな岩に座ります」ヒックはいった。

「見あげたものだ。汝は、りっぱな王になるであろう」と審判官。

　ヒックは、岩座に腰をおろした。その首に、審判官がドラゴンジュエルをかける。

「みなのしゅう、よく聞くのだ。これより、王にドラゴンジュエルの秘密を明かす」

　人々は、前のめりになった。

「ドラゴンジュエルの秘密とは、こうである。この琥珀のジュエルには、仇同士のドラゴンが二ひき閉じこめられており、うち一ぴきは、感染力の非常に高い病魔におかされておる。全ドラゴンをほろぼすほど、恐ろしい病魔に、だ」

　バイキングたちは、ざわめいた。

「つまり、ドラゴンを絶滅させたければ、このジュエルを破壊し、病魔をときはなてばよい」

ヒックは、険しい表情でジュエルを見つめた。これが、ジュエルをめぐる暗い秘密だった。琥珀に閉じこめられているというドラゴンは確認できない。目で見えないほど、小さいのだろう。

審判官は、両腕を大きく広げた。

「このたび、百年の時をへて、新王誕生の運びとなった。三代目のヒック王、ばんざい！」正確にいうと、ヒック二世は王にならなかったので、二代目のヒック王というのが正しいが、審判官は気が高ぶり、まちがえてしまったようだ。

「ヒック王、ばんざい！」

「ヒック王！」

「ヒック、ヒック、ヒック！」

「新王、ばんざい！」

「ヒック、ヒック、ヒック、ヒック！」

「ヒック王、誕生！　ヒック王、誕生！」

歓声は、キリサキ湾までひびきわたり、フュリオスの耳に届いた。

あいつめ、いったい、どうやって？　運命が、ヒックを王だというのならば……ヒックと対決するのみだ。

岩座に、最初に歩みよったのは、ストイックだった。息子の前にひざまずく。おなかがズボンにのっかり、ひざは、ポキポキと鳴った。

「父さん、何してるの？」ヒックはおろおろし、お父さんを立たせようとしたが、重すぎてうまくいかないとわかると、同じようにひざまずいた。

「ヒックどの、王になられたのですぞ」審判官がきびしい目をしながら、しかし、愛情深い口調でいった。

　ヒックは、ゆっくりと岩座にもどった。

「この剣に誓って、王に忠誠を捧げます」ストイックが、西の荒野の王国のしきたりに従って、頭をうやうやしくたれる。

「え、えっと……」ヒックは、まごつき、口ごもった。だが、すぐに、しきたりに従って、お辞儀を返した。「つつしんで、お受けします」

　バルハララマも、夫のとなりにひざまずき、頭をたれた。

「この剣に誓って、王に忠誠を捧げます」

「えっと……母さん、ありがとう……じゃなく

って、つつしんで、お受けします」

ヒックよりもずっと大きくてたくましいバイキングたちが、いっせいにひざまずいた。トンマ族のモガドン、デンジャー十世、ウカレ族のボイリー、バルバル族のバーバラ、ギューギュー族のベリビシャス、ツインズ、そして、ドロドロ族のバーサ。タトゥーを入れた、いかめしい者たちが、次々と頭をたれる。

ヒックの目に、涙があふれた。信じられない。ひざまずいている人々を見わたす。ずっと年のいった、偉大な戦士たちが、そろって忠誠を誓ってくれている。王どころか、モジャモジャ族のカシラにもなれないと思われていた、できそこないの、やせっぽっちのこのぼくに。

バイキングたちは、ひとつになって、声のかぎりにさけんだ。

「この剣に誓って、王に忠誠を捧げます！」

ヒックは、声が震えるのをおさえおさえ、できるだけ王らしくおごそかに答えた。

「つつしんで、お受けします」

ヒックの肩の上では、トゥースレスが、ふんぞり返った。狩り用のドラゴンから、王のドラゴンに、大出世だ！

ほーら、やっぱり、トゥースレス、すっごいドラゴンだった。やっぱり、王ぞくとつながり、あったんだ。これで、ストームフライは、トゥースレスに首ったけ、まちがいなし！


「三代目ヒック王に、ばんざい三唱！」ゴバーが声をあげると、バイキングたちは、いっせいに立ちあがった。太っている者は、横の人の手を借りて。

みんなは、かぶとを空高くほうりあげた。

「ばんざい！　ばんざい！　ばんざーい！」

こうして、ヒック・ホレンダス・ハドック三世は、西の荒野の第十三代目の王となった。

いままで、ヒックとともに数々の冒険をしてきた者にとっては、想像もしていなかった結末だろう。空想好きのやさしすぎる、インゲンマメのようになよなよの少年が、ゴーストリーの跡継ぎになろうとは、だれも予想できなかったはずだ。

ここまでくるのに、十二冊かかった。十二の長い冒険があった。

そして、いまがある。

あらゆる困難を乗りこえて、ヒックは王になった。

一巻でいったように、この物語は、まさに、苦労してヒーローになった少年の物語なのだ。


だが、もちろん、話はここで終わらない。


運命の冬至の正午、ヒックは、ついに王になった。話をしめくくるには、理想的だ。だが、まだ、人間対ドラゴンの戦争は終わっていない。ヒックは、なんというむずかしい時代に、王になってしまったのだろう。

つまり、これは、終わりというより、むしろ始まりなのだ。

運命の冬至の前半が終わった。大変な半日だったと思う者は、後半を知って胸がつぶれるかもしれない。

とはいえ、ここで、一呼吸おき、不可能と思えた勝利を味わうのも悪くないだろう。なにせ、長い長い道のりを歩いてきたのだから。

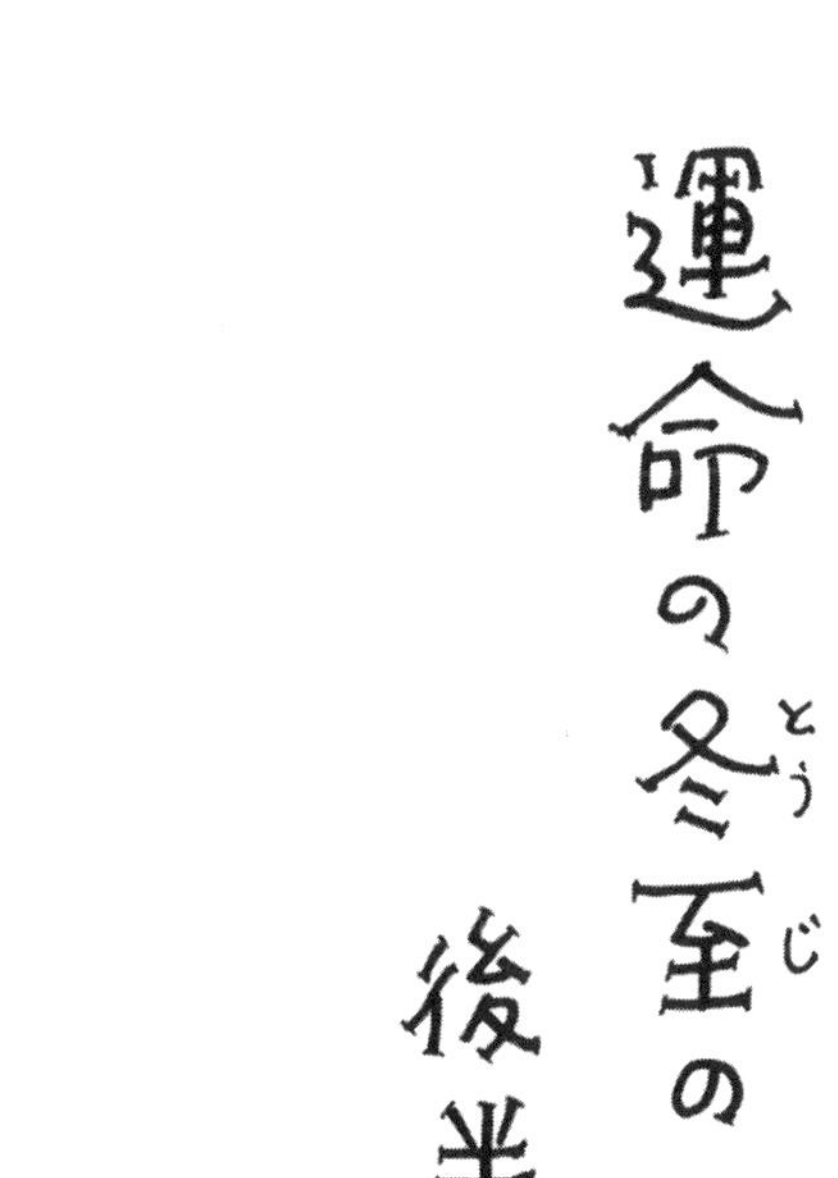
運命の冬至（とうじ）の
後半へ
続く

コケコッコ〜

残る問題は、
あとひとつだけ。

ヒックはドラゴンを
救うことが
できるのでしょうか？

訳者紹介

相良倫子（さがらみちこ）

国際基督教大学教養学部卒業。

訳書に「オリガミ・ヨーダの事件簿」シリーズ（徳間書店）、『目で見る経済』（さ・え・ら書房）など。

娘ふたり（6歳と4歳）の友だちには、「ヒックとドラゴンのママ」と呼ばれている。

www.facebook.com/michiko.sagarayoshida

陶浪亜希（すなみあき）

上智大学文学部新聞学科卒業。

訳書に「いたずら魔女のノシーとマーム」シリーズ、『アンガスとセイディー』（共に小峰書店）。

ヒックとともに成長してきた9歳息子。まだときどきトゥースレスですが。

最後まで走り抜けられたのは、周りの方々の支えがあったからこそです。みなさん、どうもありがとう！

ヒックとドラゴン 12〈上〉
最後の決闘

2016年10月17日　第1刷発行　　2020年7月30日　第2刷発行

作者：クレシッダ・コーウェル
訳者：相良倫子・陶浪亜希

ブックデザイン：アンシークデザイン
描き文字：伊藤由紀葉（いとうゆきは）

発行者　小峰広一郎
発行所　株式会社小峰書店
〒162-0066　東京都新宿区市谷台町4-15
TEL 03-3357-3521　　FAX 03-3357-1027
https://www.komineshoten.co.jp/
印刷所　株式会社三秀舎
製本所　株式会社松岳社

ISBN978-4-338-24912-6
NDC 933　263p　19cm　乱丁・落丁本はお取り替えいたします。